*Alfons Kujat* war Boxer und Gewerkschafter, Soldat, Koch, Hausbesetzer und Kopfschlachter. In seinen spektakulären Erlebnissen wird der alltägliche Zwang zur Unterordnung immer wieder mit der Lust an der Rebellion konfrontiert. Kujat lebt heute als Schauspieler in Berlin.


*Albert Scharenberg*, Redakteur und Autor, kennt Alfons aus Ostfriesland (seit „Zitting und Co."). Er veröffentlichte unter anderem Bücher über Malcolm X, über Berlin und zur Kritik der Globalisierung.

Albert Scharenberg

# Du nicht!

*Stories aus dem Leben von Alfons Kujat*

Bibliografische Information der Deutschen Bibliothek:
Die Deutsche Bibliothek verzeichnet diese Publikation in der
Deutschen Nationalbibliografie; detaillierte bibliografische Daten
sind im Internet über <http://dnb.ddb.de> abrufbar.

© 2005 Albert Scharenberg und Alfons Kujat
Alle Rechte vorbehalten
Herstellung und Verlag: Books on Demand GmbH, Norderstedt
Lektorat: Ernst-Uwe Voshage
Umschlaggestaltung: Eva Gothein, unter Verwendung einer
Fotografie von © Erik-Jan Ouwerkerk

ISBN 3-8334-2103-7

# Inhalt

## I. Ostfriesland

| | |
|---|---:|
| Die Boxer-Story | 9 |
| Der Lehrling | 27 |
| Kopfschlachter | 44 |
| Beim Bund | 53 |
| Die Gewerkschaftsstory | 78 |
| Zitting und Co. | 104 |

## II. Berlin

| | |
|---|---:|
| Kreuzberg | 135 |
| Die Lebensbeichte des François Villon | 176 |

# I. Ostfriesland

# Die Boxer-Story

Mein Alter hat als junger Soldat den Zweiten Weltkrieg noch mitgekriegt, hat sich da sone Splitterverletzung eingefangen, dass er ein Jahr lang gelähmt war. Nach Kriegsende ist er dann irgendwie nach Ostfriesland gekommen, über verschiedene Lager, da hieß es halt: Ostpreußen rein nach Ostfriesland, die freuen sich, wenn ihr kommt, da ist noch Platz. Jedenfalls ist er schließlich in Emden gelandet, kein Job, hat Lesemappen verteilt.
Er hatte schon als Jugendlicher in Ostpreußen son bisschen geboxt. Irgendwann ist er dann in Emden auf Leute aus diesem Box-Club getroffen. Die hatten gerade die Vereinsgründung durchgezogen und meinten, er als Drei-Zentner-Kerl wär doch n guter Schwergewichtler. Es gäbe auch abends Prämie, vielleicht zehn Mark oder so, das war damals viel Geld. Dafür haben die sich dann gegenseitig die Birne eingekloppt.
Der Alte war davon so schwer begeistert, dass er mir schon Boxhandschuhe angezogen hat, als ich erst vier Jahre alt war. Da gibts noch n Foto. Er hat mich vor der Kamera posieren lassen, nach dem Motto: Dein Weg ist klar, ja. Ich stehe da, hab diese Dinger über meine Finger gestülpt, und der behauptet, das ist jetzt mein Leben. So bin ich zum Boxen gekommen.
Später hat mich mein Alter zum Training mitgenommen, in den Box-Club Emden. Dort haben sie den alternden Boxern dauernd gepredigt, na gut, also was wir gemacht haben, war ja irgendwie Schnellform, Augenkloppen undsoweiter, aber die sind technisch in anderen Ländern viel weiter. Wir müssen jetzt mal unsere Jungs rankriegen.
Ich war neun, als ich da, zusammen mit n paar anderen Kids, das erste Mal zum Probetraining aufgelaufen

bin. Großes Hallo. Der Alte ist ganz in seinem Element. Das ist mein Sohn. Von allen Seiten Schulterklopfen. Man ist sich einig: Nun wollen wir die mal testen.
Sie haben uns ihre Trainingsmethoden gezeigt. Zuerst das Sandsacktraining. Also das, was es heutzutage gibt, dieses Tüdeldü, dieses Lässige, das gab es damals nicht. Die haben da n Sandsack hingehangen, der bestand auch aus Sand und dickem Leder. Wenn ich als Neunjähriger mit meinen kleinen Fisselfingern da reingehauen habe, hat das höllisch weh getan. Das machte keinen Spaß. Aber war ja Abhärtung. Dann Bauchmuskeltraining. Wir mussten uns auf den Rücken legen. Daraufhin kam einer von den Alten, nahm nen Medizinball und knallte den von oben mal kurz auf die Bauchdecke. Erstmal testen, ob der Junge was abkann. Dein Alter sitzt da, ist der große Star, da bist du natürlich n Indianer, da gibts keinen Schmerz. Aber das tut richtig weh, mir gings hundeelend.
Ich habe schnell begriffen, dass ich nicht richtig in dieses Milieu reinpasste. Aber Abhauen war ja nicht möglich. Mein Alter war einfach verdammt stark, das war das Problem. Wenn der gesagt hat, du gehst zum Training, dann war das klar. Da gabs kein: Ich will da nicht hin. Das hatte er mir schon rausgekloppt. Also er hat mich nicht einfach verkloppt, sondern die Prügelei Training genannt. Hast du gute Reflexe. Papa schlägt heute mal richtig zu. Steht n Drei-Zentner-Kerl – ich hab damals vielleicht 35 Kilo gewogen – und hat in seinem Schädel drin, weil er halt keine Jugend erlebt hat, ich leb jetzt hier meine Kindheit aus. Checkt aber die Dimensionen nicht. Egal, ob das n vierzehn Unzen-Handschuh war, die sind ja wie Federbetten, wenn du von dem eine gefegt bekommen hast, als Neunjähriger, eh Alter, sowas von unangenehm.

Jedenfalls bin ich dann regelmäßig zum Training gegangen. Im Verein lief auch alles in ganz einfachen Dimensionen ab, und so richtig gut boxen konnte ja keiner. Da hieß es immer, Jungs, ihr müsst nur genug Eisen machen, also Gewichte stemmen und Muskeln aufbauen, denn im Kampf müsst ihr vor allem einstecken können, Nehmerqualitäten beweisen, und dann mit fettem Wumms zur Sache kommen. Das war ihre Philosophie.
Mir hat das gar nicht gefallen, denn das tut einfach weh. Da bleiben nur zwei Möglichkeiten. Entweder du triffst die Entscheidung, das tut nicht weh, weil man mich nicht so hart trifft, weil ich den Schlägen ausweiche und den Schädel wegziehe. Oder du sagst, das tut nicht weh, weil ich den Dickkopf habe, und es tut nicht weh, es tut nicht weh. Das heißt, dass du mit offenem Visier auf den Gegner losrennst, nur damit die Herren da unten abgehen wie die Raketen und anerkennend sagen: Dej Jung hält Kopp hen. Fieftein Mal hems hum up Kopp druphauen, hej is obe stanblieven, hej is stanblieven. Das ist die Dimension, die das hat. Stolz. Da sind n paar Jungs dabei, die wollen es ihren Vätern beweisen, und die gehen richtig zur Sache.
Ich war davon nie so begeistert. Hab aber schon gesehen, ich muss n Wumms haben, dass ich solchen Ruder-Heinis richtig eins draufgeben kann. Sonst machen die dich fertig, die machen dich platt. Du musst die richtig treffen, da is nichts mit ausweichen. Das sind einfach Rudergeräte, die gehen erbarmungslos auf dich zu. Das war das eine, n guter Wumms.
Und zweitens habe ich mir Sachen abgeguckt. Damals hat ja alle Welt über Cassius Clay, Muhammad Ali gesprochen. Der lief durch den Ring und hat seine Gegner richtig verarscht. Ich bin ein Tänzer, ich bin ein Tänzer, hat er dabei auch noch gebrüllt. Das hab

ich mir immer gewünscht, vor denen herzutanzen und zu sagen, komm doch, komm doch. Und dann im richtigen Augenblick den Gegner mit nem guten Wumms platt machen. Das hat der gemacht. Ich hab die Kämpfe gesehen, und ich habe das geübt, diesen Side-Step, weil ich begriffen hab, der Mann ist nicht doof.
Mein Alter hat immer darauf bestanden, dass ich n guten Wums aushalten kann. Ich hab ihm dann später mal gezeigt, wenn ich das nicht will, muss ich gar keinen Wumms aushalten. Du triffst mich nämlich nicht. Du hast n Wumms ohne Ende, aber du bist einfach zu fett, zu langsam, ich kann dich hier totlaufen lassen. Eigentlich ging es ja gar nicht darum, dass ich gegen andere gekämpft hab, ich hab gegen meinen Alten gekämpft, um ihm zu zeigen, dass dieses komische Kraftverhalten undsoweiter, dass das einfach Dumpfbackentum ist. Das bringt Gehirnschäden. Letztlich mit 60 inner Kneipe sitzen, ne zaddelige Hand haben und k-k-kaum noch n W-W-Wort richtig r-r-rausbringen, aber i-i-ich war gut d-d-drauf, immer Auge gekriegt, ohne Ende, aber ich hab sie a-a-alle geschafft, k-k-keiner hat mich jemals k-k-k.o. gehauen. Ja, Jonny war Klasse, wirklich, gib Jonny noch n Bier, damit er die Schnauze hält. Das ist das, was übrig bleibt, mit der Methode, mit der er mich da impfen wollte.
So liefs im ganzen Verein, und alle spielten mit. Selbst der Doc. Wir mussten ja alle zum Doc, um uns untersuchen zu lassen. Der war son Landarzt, da war ich mir auch nicht sicher, ob der nicht n Vieharzt war oder sowas. Der hat uns nur kurz in den Hals geguckt, und wenn die Mandeln in Ordnung waren, war alles klar. So hat der Typ n Boxer untersucht. Aber sie hatten nen Doc. Wenn da einem mal so richtig die Nase eingedroschen wurde, und der arme Kerl hat geblutet wie die Sau, ist der Trainer zum Doc gegan-

gen und hat gesagt, dej Jung mut hart worn. Lat hum nochmol n Rund. Ey, du warst wirklich Spielzeug für die Typen. Die haben alle den Krieg mitgemacht, als Jugendliche, das war diese Altersgruppe. Die haben nie spielen dürfen. Da waren wir halt ihr Spielmaterial. Völlig unwissenschaftlich, ohne irgendwo mal nachzufragen, Hauptsache Verein.
Irgendwann gings dann los, dass die vom Bundesverband anfingen, das zu steuern. Dass sie den Leuten gesagt haben, also ihr müsst die Jungs mal richtig in Gewichtsgruppen einteilen. Nicht einfach von 35 bis 49 Kilo, egal, Hauptsache, es knallt. Das war ja auch in Ordnung, das war ja geradezu n humanistischer Akt, diese Gewichtseinteilung in den Vereinen durchzusetzen. Da hab ich dann, als ich 13 war, in der Schülergewichtsklasse Schwergewicht angefangen.
Wenn du anfängst, also deine ersten Kämpfe als Kind, das ist total heftig. Du gehst in den Ring rein, und alles, was die dir vorher erzählt haben, ist weg. Du scheißt dir in die Hosen. Da drüben steht einer, der will dich hauen, und alle gucken zu. Du stehst in der Ecke, dein Herz wummert dir bis oben aus den Augenhöhlen raus, aber der Trainer erzählt dir dauernd, dass du cool bist, dass du der Größte bist. Guck dir doch den da drüben an, was der für Schlappohren hat, oder was für nen Mecki-Schnitt, der kann doch nix, irgendson Scheiß erzählt der dir. Und daran sollst du dich nun aufgeilen. Schon komisch.
Aber wenn du dich auf der Straße halbwegs kloppen konntest, konntest du auch im Ring unheimlich weit kommen. Jedenfalls war innerhalb des Vereins bald in meiner Gewichtsklasse keiner mehr, der noch antreten konnte. Das war schnell erledigt. Drei von denen hatte ich schon weggefegt, als ich selbst noch gar nichts drauf hatte, weil die einfach im Ring noch verkrampfter waren als ich.

Nachdem ich mich im Verein durchgesetzt hatte, hieß es, okay, den nehmen wir in die Staffel auf. Wir sind dann mit der Schüler-Staffel im gesamten niedersächsischen Raum rumgezogen. Während der Saison, also von November bis Februar, habe ich bald alle zwei Wochen auf irgendwelchen Brettern meinen Schädel hingehalten.

Mein erster Kampf ist auswärts, in Leer. Die Atmosphäre ist so, wie man das in alten Filmen sieht, verrauchte Halle, es stinkt nach Bier und Schnaps.

Mein Gegner ist ein rothaariger Bengel, kleiner als ich, aber wesentlich stämmiger. Der sieht richtig bissig aus. Wie der da so in der Ecke steht, wie n Pitbull, das provoziert schon komische Gefühle. In dem Moment sind all meine Pläne, dass ich den austänzeln will und so, einfach weg. Nackte Angst. Das schaff ich nicht. Und rundrum stehen auch noch lauter Erwachsene, die mir dauernd erzählen, nun mach mal, Junge, zeig uns, was du drauf hast.

Dann kommt der Gegner auf mich zu. Der Ringrichter sabbelt noch was von nicht schlagen, beißen und so, dieses ganze Zeug, das sowieso niemanden interessiert. Und der steht einfach da und sein Blick sagt, mir doch egal, ich hau dich.

Ein typischer Anfänger. Gerade neu in den Verein aufgenommen, von nichts ne Ahnung, aber geht gleich mit Dreschflegeln auf mich los. Ist ihm egal, wie er mich trifft, Innenhand oder so, völlig egal. Hauptsache druff. Wen interessieren denn diese Amateurregeln. Es geht ja um Unterhaltung, unten sitzt richtig Bauernvolk, mit Suff und so, die wollen was sehen. Und je aggressiver, desto besser. Scheiß Technik. Und ich steh da mit meiner Technik, ich muss jetzt so, und ich muss jetzt so. Komm aber nicht durch.

Er also ohne Ende auf mich los, ich immer im Rückwärtsgang, bin nur abgehauen, bloß keinen Treffer

kassieren, und immer tänzeln. Bis ich gegen Ende der zweiten Runde merke, der trifft mich ja tatsächlich nicht. Der kann ja gar nicht boxen. Der kann nur dreschen. In dem Augenblick, als ich das begreife, stelle ich mich um. Lass ihn kommen, ohne wegzulaufen. Und als er zuschlagen will, pendel ich ihn aus, und er schlägt ins Leere. Ein Mal. Zwei Mal. Drei Mal. Plötzlich kippt das Publikum total um, auf der Stelle. Ich habs sofort kapiert: Ah, das ist der Trick. Dafür krieg ich Beifall. Dass ich eigentlich n Feigling bin, aber eben ab ner bestimmten Stelle den anderen vorführe und alle sehen, der boxt ohne Verstand.
Das gibt mir in der dritten Runde mehr Sicherheit. Er geht wieder auf mich los. Ich lasse ihn kommen und pendel ihn aus. Lass mich, in meinem Übermut lässig wie n Profi, in den hinteren Ring reinfallen, in die Seile. Der kommt richtig auf mich zugeflogen, wie in Zeitlupe, offen wie ein Scheunentor rauscht er auf mich zu. Ich brauch wirklich nur noch diesen Klassiker, von oben nach unten, Kinnrichtung, den Nerv treffen, und dann ist der weg. Das war mir immer erzählt worden. Und da kommt das erste Mal so einer auf mich zugeflogen. Der grinst mich förmlich an, nach dem Motto, gibs mir, ich bin jetzt soweit. Naja, dann lass ich die Rechte los, drei Mal. Der knickt richtig ab. Ich seh noch, wie da alles einschlafft, da ist nichts mehr. Ich hab mich richtig gewundert. Das war ich? Geht ja!
Dieser Sieg war ein toller Auftakt. Als Kind ist das ja so, man ist einerseits Opfer, andererseits aber auch überzeugt von dem, was man macht. Dieses Ding von Siegen wollen, der Größte sein, das ist ja doch irgendwie da. Man ist ja auch stolz, will ja auch rausgehen als der Gockel. Und man bekommt auch ganz schnell mit, wo es nen Fünfer zu verdienen gibt. Da lässt man es dann auch gerne krachen.

Teilweise hab ich im ersten Jahr aber auch ganz schön auf die Fresse gekriegt, muss ich ehrlich sagen. Du darfst nicht vergessen, in dem Ort, wo du da gerade kämpfst, haben die örtlichen Gegner immer einen Punkt extra bekommen, fürs Heimrecht, das war für den Ringrichter immer klar, weil der ja nachher auch mit denen da unten Bier saufen will. Das läuft ja auf dieser Ebene, Korn und Bier ist da ganz wichtig.
Dieser Heimvorteil bedeutet, dass mir mein Trainer jedes Mal, wenn ich auswärts in den Ring steige, ganz klar sagt: Alter, du hast eigentlich schon verloren. Um überhaupt ne Chance zu haben, muss ich dann meine Feigheit überwinden und sagen, okay, ich krieg auch mal was ab. Dafür bekomme ich ne höhere Möglichkeit zum Kick-Down, also dass ich ihn auf mich zufliegen sehe, ihn genau treffe, und er zu Boden geht. Das ist praktisch der einzige Weg, auswärts zu gewinnen. Dieses Risiko muss ich immer öfter eingehen, und es kommen immer härtere Typen.
Manchmal, wenn man nen schlechten Tag erwischt hat, ist es gar nicht so einfach, mit der eigenen Feigheit fertig zu werden. Einmal muss ich gegen einen antreten, der ist zwei Köpfe größer als ich. Einfach ein Riesenkerl. Der hat dermaßen lange Arme, ich weiß nicht, was ich gegen dieses Gerät machen soll. Mein Trainer guckt mich auch bloß an und ich sehe, da weiß er auch nichts. Sagt nur, geh mal rein, mach mal.
Der Bengel hats drauf. Knochig und zäh, der langt einfach drüber. In dem Moment, wo ich was ausfahren will, komme ich mir vor wie im Comic, als wenn ich nur n paar Zentimeter zur Verfügung habe und der von hinten unendlich reinballert. Dieses Aas schlägt immer mit der Führhand von hinten nach oben drauf, dann ist er durch die Deckung, und dann kommt die Rechte unter Garantie nach. Und ich seh die Dinger

kommen. Hoppla, und was nu, unausweichlich schlägt er zu. Also ich bekomme jedenfalls in den ersten 30 Sekunden so dermaßen viel auf die Schnauze. Daraufhin nehme ich Reißaus, will nur noch abhauen. Denke, vielleicht halt ich das ja aus. Doch der Ringrichter hält mich an und sagt, Box. Ich sag, jaja, denke aber, von wegen. Nix wie weg. Ich lass mich doch nicht vom Dreschflegel erschlagen. Das geht bis zum Anfang der dritten Runde, da sagt der Ringrichter zu mir, wenn du jetzt nicht boxt, schmeiß ich dich wegen Feigheit aus dem Ring. Jaja, ich box, ich box. Kommt der wieder an, ich nur rückwärts, rückwärts, bis ich schließlich wieder nur noch Fersengeld gebe. Daraufhin bricht der Ringrichter den Kampf ab, denn das ist ja nun gegen jede Ethik des Boxens, man haut nicht einfach ab. Entweder man haut drauf, oder man wird umgehauen, was anderes gibts nicht.

Aber gerade am Anfang, in der niederen Klasse, waren solche Gegner die Ausnahme. Typischer waren schon die Kämpfe, wo wirklich die Bauern ihre Söhne mal in den Ring schicken. Wo auch so mancher von den Jungs n Korn verpasst kriegt, weil er so aufgeregt ist. Nach drei Körnern ist ihm dann alles egal. Er hat richtig rote Augen, wie son angestochener Stier, und rennt los, fehlt nur noch Dampf aus den Nüstern. Aber ohne Verstand. In solchen Fällen hab ich seelenruhig gewartet und gedacht, mach mal. Ich geh einen Schritt zur Seite, dann kannst du da hinten Schattenboxen machen, und wenn du ausgetobt bist, kommen wir zur Sache. Schließlich ist es soweit. Er ist ausgepumpt, bleibt stehen und dampft wie doof. Bekommt aber die Arme nicht mehr hoch. Dann hab ich ihn angeguckt, nach dem Motto, siehst du, das hast du nun davon. Jetzt spielen wir Fallobst, nun hau ich dir eine. Das hat richtig Spaß gemacht, daran hatte ich Vergnügen.

Jedenfalls habe ich mich ein Jahr später für die niedersächsischen Landesmeisterschaften im Juniorenschwergewicht qualifiziert. Die Landesmeisterschaften wurden den ganzen Winter über ausgetragen. Ich hatte vierzehn Kämpfe, im K.O.-System. Da waren dann schon schwere Gegner dabei, die hatten begriffen, dass das ne Ästhetik hat und man sich n paar Gesetze gibt, die verhindern, dass man da nur so dumpfbackig aufeinander einkloppt. Das war ein Gefecht, das auf zwei Ebenen ablief. Welches Spiel spielt er, was für ein Spiel spiele ich. Von Kampf zu Kampf entwickel ich Varianten, weil ich mich ja immer neu auf den Gegner einzustellen habe. Da kommt jedes Mal ein ganz anderer Charakter in den Ring rein, dessen Stil ich erstmal herausfinden muss. Das lernt man natürlich. Das ist ja gerade der Kick dabei. Als ich anfing, hatte ich totalen Schiss, aber je mehr ich da reinwuchs, umso besser beherrschte ich die Situation. Von Kampf zu Kampf liefs besser. Schließlich habe ich dreizehn Kämpfe überstanden und muss nur noch ein Mal gewinnen, um den Titel zu holen.

Mein Gegner ist ein kleiner, buckliger Typ, sieht ganz harmlos aus. Ich bin natürlich voll motiviert. Kaum ist der Ring frei, geh ich ran. Was hab ich auf den Typen eingeprasselt. Aber der ist unerschütterlich. Baut son Schild auf, dass man nicht an ihn rankommt, und läuft einfach wie ne Maschine immer wieder in mich rein. Ein unangenehmer Gegner, lässt sich unglaublich schlecht aufmachen. So gehts jedenfalls nicht. Der wartet ja nur, bis ich erschöpft bin, um dann aus der Kurzdistanz, von unten raus seine Haken auszufahren. Da sehe ich nur gut aus, wenn ich den locken kann und er irgendwann die Geduld verliert.

In der zweiten Runde ändere ich also meine Taktik. Er muss ja auch Punkte machen. Ich komm ihm aus der Distanz, mit nem bisschen Jab, also immer die Linke

rein, ich arbeite und sammel Punkte, weil ich ja auch immer wieder mal treffe. Und er steht nur da und macht nichts außer Abwehrbewegungen, weil er ja den In-Fight braucht.
Das hat ihn natürlich mächtig geärgert. Da ist er in der dritten Runde richtig explodiert. Macht sich auf, beherrscht das aber nicht. Läuft wie son Gibbonaffe auf mich zu. Da ist dann die 9 offen, und ich kann nach Herzenslaune reinlangen. Das ist das Schönste, wenn einer so die Nerven verliert, dass er alles vergisst, was hoch und heilig ist. Und dann wumm, rein damit, und weg ist er. Das sind die schönsten Siege. Wenn das Publikum dann schreit, Hurra, hab ich ja auch nichts dagegen. Dann hab ich beide Dimensionen gewonnen, ich hab mit Verstand und mit Kraft einen platt gemacht.
Und bin Niedersachsenmeister geworden. Das war ein Ding. Mein Titel wurde ausgiebig gefeiert, ich war der Star des Vereins. Was meinst du, warum so viele Amateurboxer zu Alkoholikern werden. Wenn du so einen Kampf gewonnen hast, wie viele von den Arschkriechern aus dem Publikum ankommen. Sieger würden sie selber gerne sein, aber weils dazu nicht langt, möchten sie sich wenigstens mit dir schmücken. Dafür bekommst du Bier und Korn. Mehr noch. Was mir da so alles angeboten worden ist, unglaublich. Ich hab noch ne Tochter, die kannst du heiraten. Vom Moped bis zur Tochter, die haben mir einfach alles angeboten. Hauptsache, ich bin ihr Kumpel.
Mit der Landesmeisterschaft im Rücken hatte ich freie Bahn. Wenn ich irgendwo in ne Kneipe ging, dann kam da halt der Landesmeister. Alle hatten unheimlichen Respekt vor mir. Vor allem hat keiner mehr offen mein Verhalten kritisiert, da hat mir niemand widersprochen, das war nun mal so. Das ist natürlich ein tolles Machtgefühl, aber auch hochgefähr-

lich, weil man bildet sich dabei nicht, entwickelt sich nicht. Und das ist fatal. Es hat mich später ne Menge Zeit gekostet, bis ich das bildungsmäßig wieder aufgeholt habe, was ich damals vergeben hatte. Das musste ich ganz schwer begreifen, dass mein Ruhm nur darauf basierte, dass ich einfach die Macht der Kraft hatte. Ich hab mich ja für intelligent gehalten, war aber doof wie n Toastbrot. Ich brauchte doch keine Bildung, wofür denn. Wenn tatsächlich mal ein Klugscheißer das Maul aufgemacht und mir widersprochen hat, hab ich ihm gesagt, er soll die Schnauze halten. Wenn er dann noch weitergeredet hat, hab ich ihm eine gelangt. Dann war Ruhe.
Eigentlich lernt man dabei nur, wie man mit miesen Mitteln durchkommt. Das ist son Machtkampf, ein typischer Männerkampf, n völlig idiotisches System. Aber solange man gewinnt, steht man oben, wird gefeiert und will von Kritik nichts wissen.
Ich kam zu dieser Zeit ja auch gerade in ein Alter, wo man anfängt, sich für andere Dinge zu interessieren. Hab angefangen, Musik zu hören, auf Festivals zu gehen, Haschisch zu rauchen. Und mich für Frauen zu interessieren. Als ich 13, 14 war, da ist ne Frau noch gar nicht an mich rangekommen, da war ich mit Boxen beschäftigt. Mit 15, 16 war das dann schon was anderes. Da drehte sich das Verhältnis um. Lieber mal ficken gehen, ist ja auch wichtig. Immer noch sagen können, ich bin Boxer, aber im Grunde genommen ist das fast egal, Hauptsache, ich komme über das Boxen zum Ficken. Da gings bald eher darum, diesen Ruhm noch n bisschen aufrechtzuerhalten, weil das ja hilft, an dieses fremde Wesen Frau ranzukommen. Das lief ja damals immer noch über diese Ebene von Ich bin der Größte, Ich bin der Stärkste, neben mir gibts keinen. Gerade im Box-Milieu. Und als Landesmeister brauchte ich ja auch nichts anderes. Da hab ich von

dem Mythos profitiert, das muss ein ganz toller Typ sein. War wie ne zusätzliche Bezahlung.
Meine neuen Interessen führten dazu, dass das Boxen langsam an Bedeutung verlor und ich zu lässig wurde. Ich hab da nichts mehr ausgefeilt, war alles nicht mehr so wichtig. Ich hab mich damit zufrieden gegeben, dass ich durch den Ring tänzeln und n bisschen Side-Step nachmachen kann, um dann zu sagen, ich mach hier die Show. Außerdem musste ich als Landesmeister keine Qualifikationskämpfe mehr bestreiten. Da wird man schnell übermütig. Und klar, dann verliert man auch.
Ich bin in den folgenden Monaten sogar zwei Mal K.O. gegangen. Damals gabs ja nichts mit Helmchen oder so, und wenn du n K.O. erlebt hattest, war die Sperre zwei Wochen. Heute sinds drei Monate. Das hat auch seinen Grund. Beim K.O. wird nämlich abgeflogen, aber so richtig. Der Schlag selbst tut gar nicht weh, das ist wie ein Zeitlupeneffekt. Alles wird plötzlich ganz leicht. Um dich herum ist zwar ne unheimliche Aufregung, aber das interessiert dich alles gar nicht mehr, du findest nur das Gefühl ganz geil. Langsam kommen die Geräusche immer näher, irgendwann verstehst du: sechs, sieben, acht... Dann kannst du dich noch mal ganz schnell entscheiden, hochzukommen, die Fäuste hochzureißen und zu sagen, ich mach weiter, oder zu sagen, lass mal, war gut für heute. Am Anfang bin ich immer aufgestanden. Bloß kein K.O. Bis ich irgendwann begriffen habe, dass ich danach drei Tage lang einen Kopf hatte wie n Amboss. Das hämmert ja, das ist ein Rauschen, die Kopfschmerzen, das ist echt nicht angenehm. Also ich bin dann irgendwann auch nicht mehr aufgestanden. Das war mir zu blöde. Also für wen. Für diese grölende Masse da unten, für diese Typen, die sich im Grunde nur daran aufgeilen, wofür sie selber zu feige sind.

Nur für den Moment, in dem das Volk da unten wie blöde rast und man selber ausrastet und brüllt, ich kann noch mehr ab, hau noch drei drauf, matscht schon, aber macht ja nichts. Wo man zum Trainer sagt, tu Eis drauf, geht schon, und der jubelt, Junge, du bist der Beste, der Größte, du machst ihn platt.

Ich war später auch nicht mehr bereit, nur um der Masse Genüge zu tun, mir fünf aufs Auge hauen zu lassen, obwohl ich längst erkannt hatte, der ist besser, den pack ich nicht. Hab mir ganz klar gesagt, wenn ich in Zukunft drei Dinger gefangen hab, und es scheppert im Kopf, dann hör ich auf. Dann fall ich um, bin ich halt k.o. gegangen, egal.

Wenn man an solchen Abenden nicht gleich nach dem Kampf wegfährt, lernt man allerdings die Kehrseite des Ruhms kennen. Es gibt ja nur ein Gebot, und das lautet: Wehe, du verlierst. Dann kennt dich plötzlich kaum noch einer. Dann hast du verschissen, und wer dir vorher zugejubelt hat, lässt dich jetzt fallen wie n Glüheisen. Kriegst sogar noch blöde Sprüche zu hören von denen. Na, wieder auf die Fresse gekriegt. Den ganzen Abend erzählen die Typen dir, das war ja echt Scheiße, wie kann das denn sein. Wenn ich dann besoffen war, hab ich die vertrümmert, aber so richtig. Hab gesagt, gegen den hab ich verloren, aber dich mach ich immer noch platt.

Irgendwann wars wieder soweit, dass die Landesmeisterschaften bevorstanden. Im Verein gabs keinen Zweifel. Nun mal los, Alfons, Titel verteidigen. Das schaffst du schon.

Die Meisterschaft wurde diesmal nach einem anderen System ausgetragen. Da kamen aus jeder Region die besten Boxer nach Hannover. Als Titelverteidiger war ich fast automatisch qualifiziert. Ich musste nur den Winter über acht oder zehn Kämpfe bestreiten, wobei es völlig egal war, ob ich die nun gewinne oder nicht.

Im Jahr zuvor, als ich die Meisterschaft gewonnen habe, war viel Glück dabei. Ich hatte wenige richtig gute Gegner. Aber diesmal hatten die Vereine nachgezüchtet, da waren echt harte Typen dabei, die waren voll durchtrainiert. Und ich wusste ja nun, ich hab n Schlapparm, da war nichts, ich hatte ja kein Training, kein gar nichts. Ich bin da reichlich naiv angetreten. Wird schon klappen, ich weiß ja, wie es geht.
Durch den neuen Modus brauchte ich in Hannover nur vier Kämpfe gewinnen, um in den Endkampf zu kommen. Und ich hab diese Kämpfe gewonnen. Wobei, ich muss schon sagen, meine Gegner mir teilweise ganz schön den Arsch versohlt haben. Da wurde mir von den Punktrichtern doch sehr viel von meinem alten Ruhm geschenkt, nach dem Motto, naja, er war ja gar nicht so schlecht, gib ihm man noch n Punkt mehr. Ich hab da schon ordentlich Prügel kassiert.
Also nur die vier Kämpfe, und dann der Meisterschaftskampf. Ich hab gedacht, läuft prima. Wenn ich jetzt noch den letzten Gegner platt mache, bin ich auf alle Fälle auf einem Level, da kann ich jahrelang von zehren. Dann brauch ich nicht mehr viel zu machen. Job und so, brauch ich nicht mehr. Nur noch Box-Club Emden, Landesmeister, damit komm ich überall rein.
Meine Euphorie ist dann allerdings etwas gedämpft worden, bei einem Kneipenbesuch zwei Abende vor dem Kampf. Da haben mich die anderen Boxer mit Stories über meinen Gegner vollgelabert. Und alle haben mir nur erzählt, was sie von dem auf die Fresse gekriegt haben. Die haben gesagt, Alter, ist schon klar, wer da kommt. Dass der richtig gut ist, dass der schnell ist, dass der nen ordentlichen Wumms hat, dass der auch richtig fies ist, im In-Fight anne Eier kloppt, undsoweiter. Ich hab versucht, mich nicht beirren zu lassen. Ihr könnt mir viel erzählen, ihr seid

ja auch nicht ins Finale gekommen. Ich scheiß auf eure Stories.

Schließlich ist der Tag des Endkampfs da. Die Boxarena ist gerappelt voll. Es ist richtig was los, so sechshundert, siebenhundert Leute sind da. Der Finalkampf ist ja der Höhepunkt der Saison, und alle wollen sehen, wie da die zwei Oberknaller aufeinander losgehen. Zuerst werden die Platzierungen ausgekämpft, als Vorprogramm. Dann sind wir endlich an der Reihe. Zwar ohne Einmarsch, aber schon richtig mit Ankündigung, dass das jetzt das Finale ist.

Als mein Gegner reinkommt, sehe ich sofort, der Typ ist heftig. Körperlich in Topform. Sehr muskulös, sehr durchtrainiert. Und obendrein keine Dumpfbacke. Der hat schon dieses gewisse Lächeln drauf: Mir macht das Spaß, ich freu mich auf dich. Bei diesem Anblick fällt meine Selbstsicherheit schlagartig ins Bodenlose. Ob an den Kneipenstories nicht doch etwas dran war.

Ich steige also in den Ring und sag direkt zum Trainer, ich glaub, wir lassen das lieber. Aber das kann dir jeder Boxer erzählen, es gib nichts Schlimmeres als den Ringtrainer. Der erzählt dir immer, du bist der Beste. Dein Gegner steht da wie der junge Morgen, und dir hängt die Fresse schief drin, aber der sagt, Junge, du bist besser. Deine Lunge hängt schon im Wasserbecken, aber der will dir immer noch erzählen, du hast ihn. Und du denkst in deiner Ringecke, wenn du da sitzt in deinem Rausch, wird schon richtig sein, was der sagt, ich seh das nur falsch. Der hat den klaren Blick, der hat die Linie. Unter diesem Adrenalinrausch glaubst du alles, was der dir erzählt, Hauptsache, es geht weiter. Ansonsten hörst du ja nur Rauschen und Pfeifen und irgendwelches Volk, das dir von hinten auch noch blöde reinquatscht. Sprüche wie: Gib ihm doch endlich mal einen. Wo du denkst, du Wichser, mach du mal den Scheiß hier. Sei froh,

dass du da unten sitzen darfst, und dass es nen Deppen gibt, der das hier für dich macht.
Also der Ringtrainer textet mich zu. Junge, das schaffst du schon, besinne dich auf deine Stärken, du musst sehen, dass du ihn gleich in der ersten Runde angehst, du siehst ja, konditionsmäßig ist der besser. Bisschen besser, sagt er sogar. Ach, sag ich. Bei mir hängen die Fettlappen runter, bei dem ists aber straff, da ist kein Gramm Fett. Von wegen den mal eben n bisschen in Gefahr bringen, da muss ich schon n Glückstreffer haben, sonst läuft da nichts.
Jedenfalls treffe ich schon vor der ersten Runde innerlich die Entscheidung, ich geh voll auf Defensive. Doppeldeckung, warten, was da kommt. Erstmal testen, halte ich überhaupt die Schläge aus, die mich nicht direkt treffen, das sind ja auch Schmerzen. Das wird ja immer so abgetan, als wenn das nichts wäre. Das hält man aber nur aus, wenn man ordentlich Muskelarbeit gemacht hat.
Dieser Typ fängt sofort an, auf mich einzutrichtern. Das rauscht und scheppert nur noch. Ich nehm sone sture Haltung an, nach dem Motto, ich box erst dann, wenn ich ne Chance hab. Da wird der richtig bösartig, provoziert ohne Ende. Schlägt mit der Innenhand. Macht Kopfstöße. Fährt den Ellbogen raus. Ich gehe jedes Mal zum Ringrichter hin. Aber der ist wie immer fürs Heimpublikum, und das brüllt Feigling, Blödmann und so. Mir reichts schon, dass ich von diesem Untier da laufend Schläge auf meinen unbemuskelten Haufen kriege. Dazu noch diese Tiefschläge, das tut weh, verdammt, mir fliegt fast die Niere hinten raus, spielt ja alles Pingpong im Schädel. Aber der Ringrichter sagt seelenruhig, du sollst boxen, nicht quatschen.
Ich lasse mir das bis zum Ende der zweiten Runde gefallen. In der Pause erzählt mir mein Trainer, Junge, du musst aggressiver werden, ansonsten siehst du

ganz gut aus. Und ich mümmel nur noch vor mich hin, weißt du, wie viel ich schon auf die Fresse gekriegt habe, Alter? Wenn du jetzt nicht bald was zum Ringrichter sagst, krieg ich n Klicker, bei mir gehen alle Lampen aus.
Der Typ hat die Provokationen ja eigentlich gar nicht nötig, ist ja sowieso viel besser, liegt nach Punkten unendlich vorne. Ich denke, okay, verlier ich halt, aber platt machen lass ich mich nicht. Ich bleib in Deckung, und wenn er fair ist, kommt er nicht durch. Aber das wiederum ist ihm zu wenig, denn er will dem Publikum unbedingt zeigen, wie er mich platt macht.
Letzte Runde. Er fährt gleich wieder den Ellbogen raus. Aber der Ringrichter will einfach nicht eingreifen. Da fällt bei mir die Klappe, ich raste aus. Der Typ steht vor mir, Fäuste hoch, und freut sich, weil er denkt, ich mach jetzt den ausgeklinkten Boxer, den er abkicken hat. Aber ich bin auf einmal nicht mehr im Ring, sondern auf der Straße. Nehm Maß und trete dem Typen in die Eier, richtig herzhaft, so dass das durch die Schutzschale durchscheppert. Der knickt sofort ein. Dann kommt der Ringrichter, will dazwischengehen. Ich brüll ihn an, du hast doch nichts gesehen, und verpasse ihm auch noch eine. Der ist dann mit sich selbst beschäftigt, und ich falle nochmal über den Typen her. Trommel auf den ein, was das Zeug hält.
Die müssen mich dann mit einem halben Dutzend Betreuern von dem Typen runterholen und unter Polizeischutz aus dem Saal führen. Ich schrei nur noch, ich mach dich tot, du Sau, ich mach dich tot.
Später muss ich vors Boxer-Gericht. Eineinhalb Jahre Sperre. Okay, hab ich mir gesagt, das wars dann.

# Der Lehrling

Ich habe mich in Norddeich auf eine Lehrstelle als Koch beworben.
Als ich ankomme und das Hotel sehe, denke ich sofort, die nehmen mich nie. Eindeutig das erste Haus am Platz. Steht mitten auf dem Deich, direkt am Anleger. Von der Glasterrasse aus kann man sehen, wie die Fähren zu den Inseln auslaufen.
Drinnen eine Empfangshalle und ein Restaurant. Alles sehr vornehm, viel Mahagoni, die Kellner in Livree, mit weißen Handschuhen, Silberbesteck und so. Bei diesem Anblick bin ich endgültig eingeschüchtert. Was für ein Nobel-Schuppen. Niemals nehmen die mich.
Aber der Chef empfängt mich freundlich. Er stellt ein paar Fragen, und wir quatschen ein bisschen. Tee wird serviert. Irgendwann meint er, geht klar, du kannst zum ersten April anfangen. Ich bin innerlich total ausgeflippt. Mensch, in diesem Laden ne Lehre, dann bin ich saniert, dann kann ich mir später die Arbeit aussuchen. Hab den Lehrvertrag eingesackt und bin los.
Ich ahnte ja zu diesem Zeitpunkt noch nicht, auf was ich mich da eingelassen hatte.
Zwei Wochen später ist mein erster Arbeitstag. Ein Kellnerlehrling zeigt mir Hotel und Restaurant. Dabei stellt sich heraus, dass der ganze Betrieb darauf basiert, dass es einen Oberkellner gibt und sieben Kellnerlehrlinge. Auch für den Hauswirtschaftsbereich, also Zimmer machen und so, gibts nur eine Angestellte, aber sechs Lehrlinge.
Wir sind dann runter in den Keller und kommen dort direkt in die Warmküche. Ein riesiger Raum, mindestens 100 Quadratmeter. Mittendrin steht ein gigantischer Kohleofen, zweieinhalb mal acht Meter, mit acht Heizklappen. Außen an den Wänden Schränke, Tische,

Friteusen, Schneidebretter, Töpfe, Pfannen, alles, total voll gestopft. Von der Warmküche gehen in alle Richtungen Gänge ab, total verwinkelt, wie Katakomben, und überall öffnen sich plötzlich neue Räume, ohne Ende. Gemüsekühlhaus, Fleischkühlhaus, Fischkühlhaus. Alle möglichen Waschräume. Ein Magazin. Ne Konditorei. Dann die eigentlichen Küchenräume. In der Kalten Küche stapeln sich in jeder Ecke die Salatkisten. Die Fleischküche gleicht einem Schlachthaus, da baumeln drei halbe Schweine, ein halbes Kalb und ein halbes Rind von der Decke, darunter Messer aller Arten und Größen, Hackebeile, Wurstmaschinen. Schließlich die Fischküche. Überall riesige Becken mit lebenden Fischen, Aale, Karpfen, Forellen, Langusten, der ganze Raum wabert, und in der Mitte steht son Hauklotz, da werden die geschlachtet, zerlegt und zermammelt. Das war ein Schock, da begann mir langsam zu dämmern, was auf mich zukommen würde.
Es stellte sich dann heraus, dass es unten sechs Abwaschfrauen und sieben Lehrlinge gab. Ich hab das sofort bemerkt. Der ist Lehrling, und der ist Lehrling, und der auch. Aber wo ist eigentlich der Küchenchef. Als ich zurück in die Warmküche komme, steht er da. Dieser Küchenchef war ein unglaublicher Kerl, bei dem hatte ich schon verschissen, als ich die Küche betreten habe. Ich 1,93 groß und kräftig, er 1,68, Beinprothese. N Sachse, war im Krieg Kradmelder gewesen, dabei haben sie ihm das halbe Bein weggeschossen. Auf die Kriegsverletzung war er stolz, nach dem Motto, er war n ganz Harter, hat sich in Russland mit Pisse rasiert und son Zeug. Aber dann haben sie ihm den Arsch weggeschossen, da ist nicht mehr viel Leben gewesen. Das sah man ihm auch an. Er hatte ein Gesicht wie ein Affe, überall schwarze Haare, nach vorne gekämmt. Unzählige Magengeschwüre hat-

ten in sein Gesicht tiefe Kerben gegraben, bis an die Mandeln, die haben richtig Schatten geworfen, dass der aussah wie n Totenkopf. Die personifizierte Übellaunigkeit.
Der Blick, den er mir zuwirft, sagt alles. Ach du Scheiße, auch das noch. Dann knurrt er mürrisch, Ah, der neue Lehrling. Guten Tag. Ich sehe, du hast dir schon alles angesehen. Dann komm mal mit. Wir rüber in die Kalte Küche. Du siehst da die drei Kisten mit Salat, die machst du erstmal fertig.
Ich habe noch nie einen Salatkopf in der Hand gehabt, keine Ahnung, was ich damit machen soll, woher soll ich das auf einmal wissen. Da hab ich halt die Salatköpfe genommen, die Blätter abgerissen und ins Wasserbecken geschmissen. Nach ein paar Minuten kommt der Chef zurück, sieht, was ich da mache, und brüllt sofort los, ohne Ende. Bist du zu blöd zum Salatputzen. Das darf ja wohl nicht wahr sein. Ein Vollidiot. Also der hat uns gerade noch gefehlt. Ich bin eingeknickt wie ein Fragezeichen. Der hat mich schon in diesen ersten Minuten so runtergemacht, dass ich nur gedacht habe, mein Gott, ich bin so doof, ich komm hier nur durch, wenn ich immer ja sage und aufpasse, dass ich alles richtig mache.
Das war auch seine Strategie. Der hat jeden Lehrling bedingungslos eingestampft. Nichts mit: Aber Chef, wie geht denn das. Entweder sofort kapiert, oder was hinter die Löffel. Das war sein Prinzip, das wurde vom ersten Tag an knallhart durchgezogen.
Er hat mich dann erstmal für den Rest des Tages in die Fischküche abkommandiert, Aale sauber machen. Ey, das ist n Scheißjob, und davon zentnerweise. Ich war völlig platt, als ich an diesem Abend aus der Küche rauskam.
Aber dieser Tag war nur der Auftakt. Ich hab dann in den nächsten Wochen den Arbeitsablauf kennen ge-

lernt, aber so richtig. Als Lehrling im ersten Lehrjahr musste ich morgens um fünf Uhr anfangen. Durfte erstmal Kohlen schleppen, den Ofen anheizen und das Warmwasserbecken und die Soßen draufstellen. Dann musste ich Frühstück fürs Personal machen und Salatposten anrichten.

Um acht Uhr kam der Alte. Als Erstes prüfte er mit nem Finger die Temperatur im Wasserbecken auf dem Ofen. Er wusste ja aus langjähriger Erfahrung genau, wie heiß das Wasser sein musste, wenn der Lehrling pünktlich angefangen hatte. Und wenn die Temperatur nicht stimmte, dann wusste er, dass du verpennt hattest. Der erste Satz, den du an solchen Tagen von ihm hörtest, war: Na, Stift, heute Abend ne Stunde länger, wa. Hahaha. Und schwupp, verschwand er erstmal, um seine ersten Magentropfen zu nehmen, son blaues Zeug mit 50 Prozent Alkohol, das überall rumstand, das hat der literweise gesoffen.

Er kam dann nach ein paar Minuten zurück und hat nur geflucht. Er hatte ja dieses steife Bein mit der Prothese, das hat er immer mit der einen Hand an der Arschbacke fest gehalten. Wie er dann fluchend dieses Bein nachschleppte, das sah schon höchst teuflisch aus.

Er hat mich angeschissen, für jede Kleinigkeit. Was soll denn dieses Salatblättchen da unter dem Dings. Ob das vielleicht aufgehoben wird. Hab ich sofort aufgehoben, Diener gemacht. Er ging ins Kühlhaus, dann brüllte er schon wieder von hinten. Also ich bin da nicht zur Ruhe gekommen. Der hat mich regelmäßig völlig fertig gemacht, um mir danach irgendeine miese Arbeit reinzudrücken. Meistens Fischküche, dort sollte, wie sich schnell abzeichnete, mein Stammplatz sein. Jeden Morgen kamen die Fischer und haben da endlos Seezungen reingeschmissen, die musste ich abziehen. Nebenbei noch das ganze Lebendvieh

ausschlachten, das war eine Drecksarbeit, Innereien und Gedärme ohne Ende, und das jeden Vormittag, stundenlang, über Tage, Wochen, Monate.
Noch vor Ablauf der ersten Woche war mir allerdings klar, dass nicht die Essensvorbereitung, sondern das Mittagsgeschäft die eigentliche Härte war. Dann war man für zwei Stunden auf Gedeih und Verderb in unmittelbarer Nähe des Küchenchefs.
Aus dieser Küche gingen jeden Mittag zwischen zwölf und vierzehn Uhr 250 Essen raus, während der Saison auch mal 300, à la minute, alles einzeln von der Karte, nichts vorbestellt. Und das mit nur einem Koch und sieben Lehrlingen. Gegen zwölf Uhr ging das so langsam los. Die hatten sone Rohrpost, da wurden oben die Bestellungen in kleine Holzblöcke gepackt, die kamen dann runtergescheppert und landeten in einem Metallkasten in der Warmküche.
Der Chef ist stinksauer, ist jedes Mal tierisch genervt, weil er wieder mit den dämlichen Lehrlingen 250 Essen rausschmeißen muss. Schreit schon wieder rum. Wie siehst du denn aus. Hast du Arschloch wieder gesoffen statt zu lernen. Der geht ab, als würde er pro Anschiss bezahlt. Kujat, wenn du noch ein einziges Mal die Beilage versaust, steck ich deinen Kopf in die Friteuse, ich schwörs dir. Die Lehrlinge nicken. Bloß die Schnauze halten und abtauchen, der Chef ist schlecht drauf.
Kurz vor zwölf ging jeder auf seinen Posten. Man war da mal n Tag an der Friteuse, mal n Tag am Beilageposten, undsoweiter. Als Lehrling im ersten Lehrjahr machte ich sowieso immer nur Salate, immer nur die Drecksarbeit, und wenn irgendwo Scheiße am Dampfen war, dann war das mein Job, da gabs gar nichts.
Punkt zwölf kam die Hotelchefin in die Küche und hat sich an die Rohrpost gestellt, um die Bestellungen vorzulesen. Aber ihre eigentliche Aufgabe war es, da-

rauf zu achten, dass der Küchenchef nicht durchdrehte. Bis zum Arschtritt durfte er alles machen, aber wenn er darüber hinausging, musste sie eingreifen und ihn beruhigen.
Dann geht das los. Da fliegen auf einmal die Bongs, die Rohrpost läuft wie ne Nähmaschine, peng, peng, peng, peng. Unten steht die Chefin und liest die Bestellungen vor. Dann grunzt der Küchenchef, das muss schneller gehen, ich kann mir schon mehr als eine Bestellung merken, nun machen Sie mal. Sie liest immer schneller vor. Nun musst du als Lehrling wissen, zu welchem Essen gehört welcher Salat, welche Beilage undsoweiter, weil der Alte sagt jetzt gleich an. Der hat das im Kopf, hat das ja selber aufgeschrieben, aber du musst das auswendig lernen, jeden Tag neu. So. Und dann sagt der nur noch, Menü 2, Menü 5, Menü 14 marschiert. Jetzt stelltst du deine Beilagen zur Chefin rüber. Der Alte macht ja nur Fleisch und Fisch, ansonsten sinds ja die Deppen, die alles fertig machen. Du reißt dir den Arsch auf, dir kocht das Wasser, und nun hast du einen Salat vergessen. Die Chefin guckt drauf und sagt, da fehlt n Salat. Der Alte hört das und geht sofort ab. Sag mal, bist du zu doof. Gestern hast du auch schon den Kompott vergessen, du Penner, du Nichtsnutz, das kommt ohne Ende. Wenn du dann noch ein Mal etwas vergessen solltest, flog ne Gabel, oder irgendeine Salatschüssel zersplitterte bei dir in der Ecke. Dann kriegtest du noch n Anschiss von der Chefin, weil er die Schale zerballert hatte. Also so geht das nicht, Alfons, du musst dich zusammenreißen, der Chef wird ganz nervös. Aber ich hab die Schüssel doch gar nicht kaputtgeschmissen. Das ist mir egal, du hast ihn verrückt gemacht. Du hattest immer Schuld, da konntest du sagen und machen, was du wolltest. Gerade im ersten Lehrjahr, da warst du in der Hierarchie ganz unten, sogar noch unter den

Abwaschfrauen. Die Lehrlinge im zweiten und dritten Lehrjahr waren teilweise schon wieder darüber. Das hat der Alte auch ganz bewusst gefördert. Stand da und sagte, nun guck dir mal den Itzinger an, wie schön der das gemacht hat. Du hast das ja noch nie so schön gemacht, du kriegst das ja nicht hin, bist ja zu doof. Ich hab dann nur gedacht, Scheiße. Ich acker hier wie n Blöder, und bloß weil er den mag, krieg ich ständig auf die Fresse. Ich hatte ja auch den Ehrgeiz, dass er mal zu mir sagt, hast du gut gemacht. Aber das fiel aus. Also dass ich mal n nettes Wort gehört hätte, das gabs einfach nicht.
**14 Uhr.** Der Alte geht Punkt 14 Uhr. Schmeißt nur noch die Schürze hinter sich, brüllt mich an, was ich am Nachmittag noch alles zu machen habe, und verlässt furzenderweise das Terrain. Und ich steh dann da. Alles sauber machen. Ich hab den ganzen Nachmittag nur geputzt, geschrubbt, gewaschen und gescheuert, Töpfe, Pfannen, Behälter, Maschinen, alles, von zwei bis halb sechs. Um halb sechs kam der Küchenchef zur Spätschicht, dann musste alles wieder gerichtet sein. Erst dann gabs Feierabend, nach zwölfeinhalb Stunden Arbeit.
Im Sommer war das natürlich oft genug so, dass man nicht um halb sechs nach Hause kam. Draußen ballten sich schon wieder die Kurgäste, die fressen wollten, und der Alte merkte, allein mit den beiden Lehrlingen kriegt er das nicht gebacken. Dann kam regelmäßig die Anordnung: Du bleibst heute zwei Stunden länger. Aber ich bin doch verabredet, ich... Du bleibst noch zwei Stunden, oder willst du ganz nach Hause gehen. Was sollte ich machen, da bin ich geblieben. Bin stinkend sauer, draußen wartet die Freundin, und das Schwein lässt mich nicht raus. Hab den ganzen Tag geackert, bin nicht aus der Küche rausgekommen, und nun habe ich eine Verabredung mit der Tochter

von einer der Abwaschfrauen, die ich kennen gelernt habe, weil die öfter mittags ihre Mutter abholt. Wo mal was abgehen kann, wo mal Leben passiert, wo man sich selber noch mal wahrnimmt. Und da steht dieser Drecksack von Küchenchef, spürt, dass ich geierig bin, und lässt mich aus lauter Gehässigkeit noch stundenlang Arbeiten verrichten. Ich könnte ihm an die Kehle fahren, bin kurz davor, ihm das Messer in den Hals zu stecken.

Also Tatsache ist, dass ich den ganzen Sommer über nie unter zwölf Stunden am Tag gearbeitet habe. War ja n Saisonbetrieb, im Winter war weniger zu tun, aber das hieß in der Praxis nicht, dass man weniger gearbeitet hat, sondern nur, dass man mehr sauber gemacht hat. Geackert wurde trotzdem. Und als Lehrling hatte ich nur einen einzigen freien Tag im Monat, nicht mehr. Das heißt, ich war eigentlich Tag und Nacht in diesem Scheiß-Schuppen, ich bin da gar nicht mehr rausgekommen. Hab kaum noch die Chance gehabt, jemanden kennen zu lernen. Andere sind in die Disco gegangen, haben sich vergnügt, aber ich musste schuften ohne Ende und hab am Monatsende ein Lehrgeld von dreißig Mark in der Tasche gehabt. Dreißig Mark. Und dafür die ganze Zeit in diesem Stall, ich hab schon gerochen wie Küche persönlich, nur Fett und Tran. Ich musste jeden Tag stundenlang duschen, damit die Leute mich nicht schon am Geruch erkennen, nach dem Motto, aaah, da kommt die Küche.

Nach der Arbeit bin ich nach Hause gekrochen, war regelmäßig total fertig. Was heißt nach Hause. Ich hab bei ner Krabbenfischerfamilie gewohnt, die nach Feierabend auch noch mal den Daumen draufgehalten hat. Die Leute hatten ja auch vom Chef die Maßgabe, um zehn Uhr liegt der Junge im Bett, Licht aus. Wenn ich nachts in die Disco wollte, musste ich mich heimlich rausschleichen, und falls sie meinen Abgang be-

merkten, gabs Ärger, dann hat der Hausherr beim Alten angerufen. Da konnte es passieren, dass ich morgens um drei Uhr nach Hause komme und der Alte in meinem Zimmer steht, total besoffen. Um ihn herum die ganze Krabbenfischerfamilie. Der Alte brüllt lallend das ganze Dorf zusammen, während der Krabbenfischer ihm seine Beschwerden ins Ohr keift. Die haben sich gegenseitig hochgeschaukelt, bis sich die Nachbarn beschwerten. Das Ergebnis war, dass ich zur Strafe immer öfter Überstunden machen musste.
Was für eine Ausbeutung da stattfand. Dieser dicke Hotelchef hatte das ja so organisiert, dass die Lehrlinge als vollwertige Arbeitskräfte eingesetzt wurden, aber ohne Ende. Nur für Unterkunft, Verpflegung und Taschengeld hast du dir da den Arsch aufreißen lassen. Und so beschissen wie Taschengeld und Unterkunft war natürlich auch die Verpflegung. Immer nach dem Motto, Hauptsache billig. Das Personal bekam grundsätzlich nur das Essen, das sich nicht mehr verkaufen ließ. Den letzten Abfall kriegten ein paar Schweine, die in einem Schuppen hinterm Hotel gemästet wurden. Die kriegten auch das Bier, das sich im Laufe des Abends in den Pfützeneimern an den Fässern gesammelt hatte. Diese Schweine waren Alkoholiker, die drehten richtig am Rad, wenn du abends zu spät mit dem Bier kamst. Im Herbst wurden die Viecher geschlachtet. Dabei wurde aus den Abfällen so genannte Personalwurst gemacht. Blutwurst, Sülze, all diese Scheiße rein, ordentlich Gelee, und dann in Dosen abgefüllt. Jede Woche gabs drei, vier Mal Sülze, Remoulade, Bratkartoffeln und diese Dosen mit Blut- und Leberwurst aufn Tisch. Oben nur vom Feinsten, und du musstest unten den Dreck fressen. Ein Scheiß-Fraß, aber was anderes gabs nicht.
Dieser Hotelchef hat dich ausgenommen, wo er nur konnte. Wenn große Ereignisse waren, ne Schiffstaufe

in Emden zum Beispiel, und die Gäste haben im Hotel gegessen, war die Rechnung n halben Kilometer lang, da wurde ein Schweinegeld verdient. Wir mussten regelmäßig jede Menge Überstunden draufpacken, das ging manchmal die ganze Nacht. Am nächsten Tag kam dieses Sackgesicht mit einem jovialen Lächeln an, bestellte dich ins Büro und drückte dir zehn Mark in die Hand. Und dann solltest du auch noch Dankeschön sagen. Ich hab den angeguckt und gedacht, ihr seid doch nicht mehr ganz dicht hier. Zehn Mark, und dafür soll ich auch noch n Diener machen.

Was dieser Fettsack sich alles rausgenommen hat. Hat laufend die jungen Kellnerinnen betatscht. Er hat im dritten Stock sein Sauflager gehabt, von dem seine Frau nichts wissen durfte, da hat er jeden Tag zwei Kisten Bier gesoffen. Nachmittags ging das dann los. Sabine, komm mal mit hoch, du musst da mal sauber machen. Oben hat er angefangen, rumzugrabbeln. Die alte Sau. Aber nach außen alles etepetete.

In dieser hierarchischen Kette wurde ja selbst der Koch ausgebeutet. Er hatte zwar ne gehobene Stellung, aber die haben den auch voll benutzt. Der Kerl musste ja alles alleine machen und nebenbei noch sieben Lehrlinge ausbilden. Viel verdient hat er nicht, hat auch nur bei Fischersleuten ne kleine Wohnung gehabt, Auto konnte er sich nicht leisten. Dafür hat er Anerkennung gekriegt, dem hat der Hotelchef mit Bier den Arsch abgefüllt. Er war stolz wie n Habicht, wenn er mal beim Chef am Tisch sitzen durfte. Aber letztlich war er auch nur n nützlicher Idiot in dem Laden. Der hat halt seinen Frust an uns weitergegeben.

Am Anfang des zweiten Lehrjahrs fing das so langsam an, dass ich die Schnauze voll hatte von diesem Irrenhaus. Bin nachts immer öfter abgehauen, hab gesoffen und mir die Rübe zugekifft. Ich hab mich bald regelmäßig abgeschossen, weil ich ansonsten diesen

Stress nicht mehr ausgehalten hätte. Irgendwann hab ich mir gesagt: Moment mal. Was läuft denn hier überhaupt. Wer bin ich eigentlich. Also das musst du dir vorstellen, du bist einer, der eigentlich n guten Wumms hat, und da erzählen dir son paar Willis dauernd, dass du doof bist, dass du n Versager bist.
Der Widerstand begann damit, dass ich Essen geklaut habe. Die Küche war ja außerhalb der Dienstzeit immer abgeschlossen, aber ich hab ne Bodenklappe gefunden, durch die man vom Hotel aus direkt in die Küche kam. Da bin ich dann, zusammen mit n paar anderen Lehrlingen, heimlich eingestiegen. Irgendwann hat uns der Hotelchef bei einer solchen nächtlichen Fete erwischt. Auf einmal geht die Tür auf. Was ist denn hier los. Riesengeschrei. Und wieder Strafüberstunden ohne Ende. Das war sowieso seine Lieblingsstrafe, da hat er ja gleich noch Geld dabei verdient. Eh, das waren Gangster, richtige Verbrecher.
Da gabs die ersten Geschichten, wie man sich gerächt hat. Zum Beispiel wenn nachmittags der Tee für oben, fürs Büro gekocht wurde, dann haben alle reingespuckt. Du musstest ja gemein werden, sonst hattest du keine Chance gegen diese Mafia.
Ich hab dann in der Berufsschule rumgefragt, ob es in den anderen Hotels genauso ablief. Dabei stellte sich heraus, dass die Lehrlinge alle geackert haben ohne Ende. Im ostfriesischen Hotelgewerbe gabs ja keine gewerkschaftliche Organisierung, du warst Leibeigener und nichts anderes. Da bin ich dann zu einem der netteren Berufsschullehrer gegangen und hab ihm meine Situation geschildert. Der hat sich alles ganz verständnisvoll angehört. Als ich weg war, hat er im Hotel angerufen und mich verpfiffen. Daraufhin hat der Fette mich ins Büro bestellt und mir richtig eingeheizt. Was fällt dir überhaupt ein. Du bekommst doch jetzt im zweiten Lehrjahr schon siebzig Mark, sei ge-

fälligst dankbar, dass du überhaupt ne Lehre in sonem tollen Laden machen darfst. Wenn du noch ein Mal aufmuckst, schmeiß ich dich raus, dann kommst du in ganz Ostfriesland in kein Hotel mehr rein.
Da hab ich erstmal wieder den Schwanz eingezogen. Was blieb mir schon übrig. Ich war ja allein, hatte ja niemanden, den ich irgendwie ranholen konnte, Eltern oder so, die waren ja nicht fähig. Und die anderen Lehrlinge haben immer nur abgewunken. Die haben gesagt, ach, ich muss ja nur noch ein Jahr oder was auch immer, das halt ich schon noch durch, Lehrjahre sind keine Herrenjahre, all das blöde Zeug, was die Alten quaken, haben die einfach nachgequakt. Die fanden das zwar schon irgendwie gut, wenn einer was gesagt hat, hat ihnen ja auch genutzt. Aber sie selbst haben weiter auf Arschkriecher gemacht. Da kriegtest du keine Solidarität.
Am Anfang des dritten Lehrjahres hab ich dann von einem Lehrling aus dem Ammerland den Tipp bekommen, das Gewerbeaufsichtsamt einzuschalten. Die haben zwei Beamte ins Hotel geschickt, meinen Namen genannt und nach Schichtplänen gefragt. Ich musste ins Büro kommen, war mal wieder der Depp. Vor mir standen Hotelchef und Küchenchef, und ich sollte jetzt mal sagen, wie es wirklich ist. Also da hab ich schon ganz schön geschluckt, weil ich wusste, das wird jetzt für mich grausam.
Ich hab dann da und dort im Beisein der Chefs ausgepackt. Zwölf Stunden Arbeit täglich, nur einen freien Tag im Monat, undsoweiter. Die Chefs haben zuerst alles geleugnet. Daraufhin mussten alle Lehrlinge einzeln aussagen. Dabei haben zwei Kellnerlehrlinge und zwei von den Mädels im Hauswirtschaftsbereich meine Angaben bestätigt.
Von diesem Zeitpunkt an wurde offiziell der Acht-Stunden-Tag eingeführt. Zum Beweis mussten Schichtplä-

ne geführt werden. Aber das hieß nicht, dass du nach acht Stunden nach Hause gehen konntest. Die haben einfach den Arbeitsablauf neu organisiert. Du musstest jetzt morgens zwei, manchmal auch drei Stunden arbeiten, dann gabs eine oder zwei Stunden frei, von zwölf bis vierzehn Uhr Mittagsgeschäft, danach wieder frei, und schließlich musstest du nachmittags oder abends wieder ran. Das heißt, diese acht Stunden wurden voll nach den Bedürfnissen des Betriebes eingerichtet. Im Grunde genommen warst du immer noch vierzehn Stunden in dem Schuppen. Auch den zweiten freien Tag im Monat gabs nur nach dem Motto, wenn ihr die Schnauze nicht haltet, gibts gar nicht frei.
Nach dieser Aktion hatte ich nun völlig verschissen. Der Küchenchef hat mich nur noch gedengelt. Was an Bösartigkeiten möglich war, wurde über mich ausgeschüttet. Die miesesten, arbeitsintensivsten Schichten waren immer meine. Ich hab nur noch geackert.
Es hatte ja schon vorher Situationen gegeben, wo ich mit diesem Verrückten aneinander geraten bin. Zum Beispiel als er mir das Fleischauslösen beigebracht hat. Immer wenn ich n Fehler mache, haut der mir mit dem Fingerknöchel auf die Schädelplatte am Hinterkopf. Tut höllisch weh. Ich sage ihm gleich beim ersten Mal, das machst du nicht nochmal. Also anfassen is nicht. Aber er ignoriert das, nach dem Motto, du doch nicht. Zack, die nächste Kopfnuss. Ich habs schon ein Mal gesagt, ich schlag beim nächsten Mal zurück. Er macht trotzdem weiter, ballert mir ständig auf den Kopf. Irgendwann reichts mir. Ich spring auf, pack ihn blitzartig am Kragen und drück ihn an die Wand. Aber in solchen Situationen brüllte er ja immer gleich wegen seiner Prothese. Die Prothese wär kaputt. Mit dieser Ausrede hat er sowieso dauernd kokettiert, wenn er mal wieder was verpfuscht hatte. Danach hat er mich allerdings nicht mehr angefasst.

Das war ja auch ein ganz neues Erlebnis für ihn, dass da einer ausrastet und ihm an den Kragen geht. Der hat alle anderen Lehrlinge dauernd geschlagen.
Im dritten Lehrjahr ist es dann eines Mittags richtig eskaliert. Es ist mal wieder tierisch viel zu tun. Ich hab die Kalte Küche. Bin übermüdet, hab die Nacht durchgemacht und den ganzen Vormittag gearbeitet, bin völlig fertig. Irgendwie bekomme ich eine Bestellung nicht richtig mit, und er brüllt los. Der brüllt und brüllt, ohne Ende. Ich bin erschöpft, mir dröhnt der Schädel, der macht mich wahnsinnig mit seinem Geschrei, aber das hört einfach nicht auf. Da schreie ich zurück. Leck mich am Arsch, ich hab das nicht mitgekriegt. Mir geht das alles total aufn Sack, ich lass mich hier doch nicht zum Vieh machen. Er steht hinter der Glastür in der Warmküche, kriegt das Maul nicht mehr zu, sowas hat er wohl in seiner ganzen Laufbahn noch nicht erlebt. In dem Moment bekommt er sonen Hals, man sieht richtig, wie das alles anschwillt. Plötzlich greift er sich ein Hackebeil, stößt die Pendeltür auf und wirft damit nach mir. Das Teil saust direkt an meinem Kopf vorbei und bleibt im Kühlschrank stecken. Ich erstarre mitten in der Bewegung. Scheiße, das hätte mein Kopf sein können. Ich guck den Alten an, guck das Beil an und denke, was der kann, kann ich schon lange. Ziehe das Teil raus und werfe es zurück. Er steht ja hinter der Glastür, da knallt das Beil voll rein. Ich hab ihn nicht getroffen, aber die Splitter und alles fliegen ihm um die Ohren. Er schnappt sekundenlang nur noch nach Luft und fängt dann fürchterlich an zu brüllen. Rennt schreiend die Treppe hoch, ins Hotel, den Chef holen. Und ich stehe da, bin nur noch am Pumpen. Die anderen Lehrlinge feixen. Geil, die alte Sau hats erwischt. Alle hassen ihn, sind aber zu feige, gegen ihn aufzutreten. Ich komme langsam wieder von meinem Wut-

anfall runter. Die ganzen Konsequenzen rasen mir durch den Schädel. Lehre im Arsch. Ich weiß nicht, wohin. Unterkunft im Arsch. Oh Kacke. Dann kommt der Alte runtergetobt, den Hotelchef im Schlepptau. Der Junge ist ja verrückt, der ist tollwütig, mit dem kann ich nicht mehr arbeiten, mein Magen, mein Magen. Ich muss mit hoch ins Büro, wo der Chef auf mich eintrichtert, von wegen nicht nochmal vorkommen, Überstunden machen zur Strafe, undsoweiter.

Nur ein paar Wochen später kam es eines Abends zu einem weiteren Zwischenfall. Abends war ja auch Küche, gingen nochmal 150 Essen raus, fing alles wieder von vorne an. Wir sind also wie immer auf 150 Essen eingerichtet; es werden aber 270. Das heißt, wir müssen alle Speisen nachmachen. Salate, Gemüse, Fische abziehen und fertig machen, Soßen nachkochen, alles nachkochen. Eine Riesenhektik. Der Alte ist schon wieder auf 180. Brüllt nur noch, Mok to, mok to. Beeil dich. Er konnte ja eigentlich gar kein Plattdeutsch, nur diesen Spruch. Und wenn der kam, dann hieß es: Achtung, Deckung, der Alte geht ab wie n Zäpfchen. Panik, ab jetzt schmeißt er mit Geschirr. Und alles duckt sich nur noch, Ohren angelegt, und durch.

Klaus-Peter hat den Posten an den Friteusen, für die frittierten Beilagen, also gebackene Früchte, Pommes, Fisch, Camembert, all das Zeug. Er hat tierisch viel zu tun, kommt nicht mehr zum Luftholen, muss ja auch noch alles panieren, hat keine Kroketten mehr, nichts mehr. Und alle Friteusen auf Volldampf. Plötzlich knallt der Alte durch, weil er bestimmte gebackene Früchte nicht rechtzeitig bekommt, und schmeißt mit ner Schüssel. Alle sehen das und bücken sich, aber Klaus-Peter kriegt das nicht mit, weil er ja mit dem Rücken zu uns steht. Da trifft ihn die Schüssel voll ins Kreuz, und er rauscht mit beiden Händen in die brühende Friteuse. Er kommt wieder hoch, zieht

die Hände raus. Die sehen aus, als ob er kaputte Handschuhe hat, richtig von oben bis unten abgepellt, in einem Stück. Klaus-Peter steht nur noch da und reißt das Maul auf, der Adrenalinrausch verhindert im Augenblick noch den Schmerz, und rennt unter Schock in der Küche rum und starrt auf seine Hände. Der Alte brüllt nur noch, Scheiße. Schreit ihn auch noch an, ohne Ende. Du Blödmann, hast du ne Macke, nun guck dir das mal an, deine Flossen.
Die Chefin hat dann n Krankenwagen gerufen. Fünf Minuten später war Klaus-Peter weg, und es ging weiter, nichts mit Pause, der Nächste an die Friteuse, knallhart. Eh, das Bild geht dir nicht aus dem Kopf. Schwerste Verbrennungen. Die haben das zwar nach Monaten einigermaßen wieder hingekriegt, aber er hatte danach richtig Krallenhände. War berufsunfähig, im dritten Lehrjahr. Der ist Opfer dieses Wahnsinnsbetriebs geworden.
Ich hab mich dann krankschreiben lassen und bin verschwunden. Komme nach ein paar Wochen zurück, es ist schon wieder Herbst. Kaum bin ich in der Küche, sagt der Alte, Alfons, das machen wir gleich klar, du arbeitest die Feiertage, sprich Weihnachten und Silvester. Ich natürlich sauer. Aber er meint nur, willst du rausfliegen, kannst du haben.
Also ich die ganzen Weihnachtsfeiertage geackert. Silvester treibt ers dann wieder mal besonders doll mit mir. Ich hab morgens und nachmittags je zwei Stunden gearbeitet. Nachts ab zehn Uhr soll ich dann nochmal vier Stunden arbeiten, damit ich auch ja keine Silvesterfeier machen kann.
Es ist eine saukalte Silvesternacht. Meine Laune ist im Keller, als ich um zehn durch den eisigen Wind zurück zum Hotel gehe. Ich komm fröstelnd in die Küche, Hände in den Taschen, weils draußen so kalt ist. Bin völlig in Gedanken versunken und sehe nicht, dass der

Alte sich hinter mir aufbaut. Denn was er gar nicht akzeptiert hat, wo er richtig ausgerastet ist, das war, wenn du in der Küche die Hände in den Hosentaschen hattest. Das war für ihn das Zeichen für Anarchie schlechthin und musste sofort unterdrückt werden. Hinter meinem Rücken schleicht er sich an, holt Schwung und rammt mir sein Holzbein voll in den Arsch. Mir. Weil ich die Hände in den Hosentaschen hab. Und dieses Holzbein, das tut richtig weh, als ob dir die Gedärme vorne ausm Hals rausfliegen, keine Luft, nichts mehr. In dem Moment sehe ich nur noch rot. Pack den Typen an Arsch und Kragen und schleife ihn ins Fleischkühlhaus. Dort hänge ich ihn an seiner Jacke auf einen dieser großen Bullenhaken, die da von der Decke baumeln. Dann schließe ich die Tür zu, stelle auf Schockgefrierer, schmeiß die Schürze hinter mich und gehe aus der Küche. Tschüß, das wars.
Auf dem Weg nach Hause treffe ich noch einen Lehrling, der auf Tour gehen will. Ich hab richtig gute Laune. Er guckt fragend. Du arbeitest doch heute eigentlich. Nee, ich hab frei. Wie kommts. Weil der Alte vorm Schockgefrierer hängt und weil da heute kein Essen mehr rausgeht.
Der ist dann rübergerannt und hat gesehen, wie die den gerade rausholten. Im Restaurant hatte man sich bereits gewundert, dass keine Bestellungen mehr hochkamen, da hat dann die Chefin den Koch gesucht und schließlich gefunden, mit schon etwas weißen Ohren. Ne halbe Stunde später wär der weg gewesen. War mir egal, an diesem Abend war mir das sowas von scheißegal, ich hatte den Typen so dermaßen gefressen, ich wollte mir die Scheiße von dem Suffkopp wirklich nicht mehr anhören.
Sie haben mich rausgeschmissen, drei Monate vor Ende der Lehrzeit. Ich habe meine Lehre dann in einem Laden in Zürich zu Ende gemacht.

# Kopfschlachter

Auf dem Schlachthof werden jeden Morgen etwa 600 Schweine und 150 Kühe angeliefert. Die Schweine werden an die Laderampe rangefahren und durch schmale Gatter zum Eingang des Schlachthofes getrieben, die stehen in einer Riesenschlange, wie auf ner Wartestation. Am Ende jedes Gatters kommt ein etwas breiterer Raum, der durch eine Metalltür getrennt ist, darin steht der Kopfschlachter. Als Schlachter hast du ne große Elektrozange in der Hand. Dieses Teil wird aufgeklappt und dem Schwein an die Ohren gehalten. ZACK, dann kriegt das Tier nen riesigen Stromschlag, da werden n paar tausend Volt durchgejagt, dann ist es weg, in tiefer Bewusstlosigkeit. Zuckt nur noch. Der Körper lebt noch, aber das Hirn ist tot.
Dann läuft da ein Laufband mit Ketten genau in dieses Tötungsgatter rein. Du schnappst das Schwein und legst ihm die Ketten um die Hinterbeine. Daraufhin wird das Tier automatisch nach oben gezogen, in einem Halbkreis, bis zu einem gigantischen Fass. Dort hält das Band. Jetzt setzt du den Schnitt an. Hintern Ohr reinstechen und ein Mal quer durch die Kehle ziehen. WUSCH, kommt das Blut da wie ein riesiger Wasserstrahl rausgeschossen. Das Band ist genau so eingestellt, dass das Schwein ausbluten kann, und läuft dann weiter.
Danach kommt das Brühbad, das ist heißes Wasser, da werden die groben Borsten weich gekocht und maschinell abgescheuert. Früher standen die Leute da mit Flammenwerfern, um die Borsten abzufackeln.
Als Nächstes kommt der Typ, der den Körper ausnimmt. Der macht einen langen Schnitt, schlitzt im Prinzip die ganze Bauchdecke auf, vom Arsch bis runter zum Hals. Dann langt er nur noch mit dem Arm in

den toten Körper und FLATSCH, fällt die ganze Scheiße raus, in son Schubkarren, der darunter steht. Am Übergang zur Gurgel wird abgeschnitten, dann hast du die Scheiße in der Schubkarre. Da ist dann auch schon der erste Teilungsprozess, also die Schubkarre mit den Innereien geht gleich ab, an einen anderen Tisch, an die Leute, die nur die Innereien bearbeiten, Därme ausspülen undsoweiter.

Das Schwein ist ausgenommen, aber noch nicht zerteilt. Jetzt beginnt das so genannte Aufhauen. Zuerst sind die Jungs mit den Motorsägen dran. Die ballern mit ihren Motorsägen die Tiere einmal in der Mitte durch, hauen die in zwei Hälften, das ist der Job. Diese Typen sehen martialisch aus. Haben Kettenhemden an, damit sie sich nicht verletzen, auch Handschuhe mit Kettengliedern, das ist schweres Zeug, was die da mit sich rumschleppen, die Säge ist auch schwer, und dann müssen sie auch noch kräftig arbeiten. Also du kannst dir vorstellen, diese Typen sind wirklich kräftig, richtige Dampfhammer.

Danach werden die Schweinehälften vom Band runtergenommen und kommen zur Einzelverarbeitung auf die Tische. Dort arbeiten sich die Fleischer entlang der organischen Grundstruktur des Schweins vor. Schinken auslösen, Kotelettstrang rausschneiden, das wird auch mit ner kleinen Säge gemacht. Filets, Keule, Haxe rauslösen undsoweiter, dafür wird das Ausbeinmesser genommen. Die Leute machen das extrem schnell, das Messer geht wie ne Rasierklinge durch das tote Fleisch. Wofür du Minuten brauchst, wie Speckschicht ablösen, das machen die in Sekunden.

Das war so der grobe Arbeitsablauf im Schlachthof in Emden. Mein Ehrgeiz hatte mich hierher verschlagen. Also mein oberstes Ziel war ja zu diesem Zeitpunkt, mich möglichst schnell in der bürgerlichen Mitte zu etablieren, Besitz zu haben. Eben nicht das zu wiederholen, was die Alten verbockt hatten, nur nichts mehr auf diesem Level, bloß weg da. Und als ich meine Lehre als Koch und Konditor abgeschlossen hatte, hab ich in meinem jugendlichen Leichtsinn gedacht, das Schlachten und Fleischauslösen müsste ich eigentlich auch noch richtig beherrschen. Ist schließlich schon wichtig für die Qualität der Küche, und ich wollte das ja alles in den Griff kriegen. So bin ich da gelandet.

Ich werde in der Schweineabteilung als Kopfschlachter eingeteilt. Dort angekommen, gibts ne kurze Vorstellung. Dann heißt es, komm mal mit. Die drei Kopfschlachter treten an dieses riesige Blutfass und holen da mit ihren Kaffeebechern Blut raus. Los, du auch. Nee, sag ich, ich sauf kein Blut. Tja, meinen sie, wer hier bei uns arbeitet, für den gibts morgens als Erstes ne Tasse Blut mit Verstärkung. Alle die Tassen rein. Naja, da muss ich halt auch. Nee, nicht so viel, nur halb voll machen. Ein Glück, denk ich, mir schwappt schon die Kotze, diese Idioten. Einer holt ne Flasche Korn raus und füllt die halben Tassen Blut bis zum Rand auf. Und rein mit dem Teil. Mir ist klar, hier kommst du nur durch, wenn du das mitmachst. Also runter die Scheiße. Schmeckt übrigens gar nicht mal so schlecht, Korn und Blut ist halt sehr süß. Ist allerdings n bisschen fetzig im Maul, weil das Blut ja sofort gerinnt, musst du schnell runterschlucken, dann geht das.

Nach diesem Ritual wird weiter gearbeitet. Die Kopfschlachter stellen sich in diese abgetrennten Tötungsgatter. Holen sich da jeweils zwei oder drei Schweine rein, die sie mit den Stromzangen bearbeiten, bevor sie die Tiere ans Fließband hängen und ihnen über dem gigantischen Fass die Kehle aufreißen. Dann rollen die Kadaver in die nächste Abteilung, und es geht weiter, das nächste Schwein, alles fließbandmäßig, das läuft so durch. Ein total futuristisches Bild. Ich hab etwas derartiges noch nie gesehen.

Aber schon bald bin ich selber dran mit schlachten. Als ich das erste Mal zwei Säue in dieses Tötungsgatter reinkriege, merke ich sofort, dass sich meine eigene Unsicherheit auf die Tiere überträgt. Die fangen an zu zappeln und zu quieken, völlig hysterisch, ist ja klar, weil die auf einmal mitkriegen, um was es hier geht. Ich denke nur noch, jetzt aber ran, sonst machen die mich hier platt. Sone Paniksituation. Lieber totmachen als dass die hier abgehen. Das klappt dann auch, mit Mühe. Danach die Tiere an die Kette hängen. Schließlich die Kehle durchschneiden. Das kostet anfangs auch Überwindung, und ich passe auf, dass ich nicht allzu viel von dem ganzen Blut abkriege.

Aber dann wiederholt sich der Prozess. Zange ran, an der Kette aufhängen, mit dem Messer überm Fass abstechen, so geht das, immer wieder, über Stunden, den ganzen Arbeitstag. Das ist wie im Splatterfilm. Zange, Kette, Messer; Zange, Kette, Messer; Zange, Kette, Messer. Da kann ich noch so sehr aufpassen, irgendwann stinkt alles nach Blut. Noch am späten Abend, als ich längst zu Hause bin, habe ich den Geschmack des Schlachthofs auf der Zunge.

Dieses Tötungsgatter war in den nächsten Wochen mein Arbeitsplatz. Das war n echt brutaler Job, ganz klar. Da muss man versuchen, das Hirn abzuschalten, mit Schnaps und Bier, sonst kann man das gar nicht aushalten.

Irgendwann machst du das ganz mechanisch. Dieses Schlachten ist ja selbst zu einem Mechanisierungsprozess verkommen. Das hat auch sone Kälte. Das ist nur noch Arbeit. Du siehst da bald nicht mehr das Tier oder das Fleisch, nur noch die Arbeit. Dieser ganze Prozess der massenhaften Verarbeitung von Riesenmengen Fleisch, da gehts alleine um die Masse.

Das ist ein eiskaltes Geschäft. Da herrscht auch sone Geschäftsmäßigkeit, die sich mischt mit ner bestimmten Brutalität, die einfach durch den Arbeitsablauf vorgegeben ist. Du kannst es gut oder schlecht meinen, aber du kannst nicht zärtlich mit Stromschlägen hundertfünfzig Schweine am Tag töten. Später hab ich gehört, dass es bei den Moslems einen Religionsoberen gibt, der auch für die Schlachtung zuständig ist, der dann mit der Kuh ums Haus geht, mit ihr spricht und ihr dann, ohne dass sie sich wehrt, die Kehle durchschneidet. Tolle Sache, der hat sich richtig Arbeit gemacht.
Im Schlachthof ist das halt so gar nicht möglich. Die Viecher sind ja nicht mal gewöhnt zu laufen. Die werden möglichst eng gehalten, damit sie schnell das Gewicht kriegen und man ihnen die Rübe wegziehen kann. Sone normale Sau, die ist ja gerade n halbes, dreiviertel Jahr alt, dann ist die so hochgepumpt, dass sie aufs Fließband kommt. Geht ja nur darum.
Die Schweine werden dann teilweise mit Stockschlägen in die Gänge gebracht, damit die sich überhaupt bewegen. Die kommen schon auf den Brustwarzen in den Käfig gekrochen. Haben dabei auch öfter mal n Herzinfarkt, dann gehen die gleich an die Freibankabteilung. Tiere, die tot oder verletzt angeliefert werden, das ist alles Freibankfleisch, das gilt nicht mehr als gültiges Fleisch. Die ganze Wurstverarbeitung lebt davon, dass die containerweise dieses Freibankfleisch aufkaufen. Die haben nur die Auflage, dass das auf 120 Grad erhitzt werden muss. Dann wird da Wurst undsoweiter draus gemacht, da sind die herrlichsten Sachen drin.
Die Tiere werden ja auch untersucht, es gibt n Tierarzt und so. Passiert aber selten, dass da was gefunden wird, da schiebt jeder seine Viecher durch. Hauptsache, die Tiere haben nen Stempel. Und Stempel gibt

es satt. Wat denn, het hej neit. Mok wi drup. So läuft das.
Die Leute, die da arbeiten, strahlen auch etwas aus, was unangenehm ist, wie wenn du n Totengräber triffst, oder n Bestattungsunternehmer, die mag man auch nicht so gerne, die haben auch ne bestimmte Ausstrahlung. Ich glaub kaum, dass jemand außerhalb seines Kreises sagt, du, ich bin Kopfschlachter. Das macht sich nicht so gut. Ich arbeite im Schlachthof, das ist schon das höchste. Und bei Nachfragen, wir verarbeiten Fleisch.
Die Schlachter versuchen halt, das mit mörderischem Humor zu kompensieren, und die Verachtung, die ihnen entgegengebracht wird, einfach zurückzugeben, indem sie den Leuten das alles drastisch vor Augen führen. Dabei konnten die manchmal schon ziemlich durchknallen.
Kollege Hinnerk zum Beispiel, der war Kopfschlachter im Schweinebereich, hatte schon richtig sone Schweineschnauze. Hinnerk hat immer die Hunde abgeknallt, die von irgendwelchen Privatleuten zum Schlachthof gebracht wurden. Er war aber eigentlich ein Hundeliebhaber. Das lief dann so. Kommt son Typ rein, hat nen klapperigen Köter dabei, nen Schäferhund vielleicht, und möchte nun, dass ihm diskret der Hund weggemacht wird. Hinnerk will von ihm fünfzig Mark, die er auch bekommt. Gut, sagt er, komm mal her, stell dich da hin mit deinem Hund. Dann wird der in sone Box gestellt, die eigentlich für Rinder ist, ein Riesenteil. Hinnerk sagt dann zu dem Typen, so, jetzt halt deinen Hund fest und streichel ihn mal n bisschen. Der fragt, muss ich denn dabei stehen. Na klar, oder soll das Tier leiden. Dann geht er hin, Knarre in der Hand, guckt den Typen an und sagt, war n schöner Hund, wa. Und WUMM, drückt er ab. Der Hund ist sofort tot, aber der Typ hat den noch an der Leine.

Hinnerk sagt daraufhin zu dem Typen, der schon ganz bleich ist, da hinten ist der Kadaverhaufen, da bringst du den jetzt hin. Aber schmeiß die Kette nicht mit drauf, da wird Seife draus gemacht. Der Typ ist völlig fertig, zittert am ganzen Körper. Hinnerk ruft ihm noch nach, meld dich doch das nächste Mal an, ich hab nicht immer Zeit. Dann kommt er nach hinten, grinst und meint, Dej Düfel bringt hier ook son arm Deer noit nich mehr her. Der kommt nicht wieder.
Ich erinnere mich noch an eine andere Geschichte. Ne Berufsschulklasse kommt auf Besichtigungstour in den Schlachthof, und Hermann macht die Führung. Hermann ist n Haudegen, son Quadrat, mit dicker Lederschürze. Guten Tag. Die Herrschaften wollen heute mal sehen, wie hier bei uns geschlachtet wird. Dann wollen wir mal als Erstes zu den Rindern gehen. Der ganze Tross stapft rüber zu den Stallungen. Hermann geht direkt zu den Kühen, begrüßt und streichelt sie, eine nach der anderen. Kommt dann bei der letzten an und sagt, Ja, das hier ist Else. Und Else ist heute dran. Da Else ne alte Milchkuh ist, nimmt er ne Schüssel, melkt sie ein bisschen und tut die Milch in ein Glas. Stellt sich vor die Klasse und fragt, möchte jemand nen frischen Schluck Kuhmilch. Will aber natürlich keiner. Daraufhin sagt er, aber Else hat das noch drin, ist ja zu schade. Und schwupp, knallt er sich die Milch rein. Meint dann, so, nun nehmen wir Else gleich mit.
Er führt die Kuh am Tau in den Schlachthof. Dort wendet er sich zur Klasse und erklärt den Ablauf, alles in ganz ruhigem, freundlichem Ton. Für die Tötung haben wir dieses Bolzenschussgerät. Das kann sich jeder mal angucken. So. Jetzt lade ich das. Und dann gibt es die Möglichkeit, dass man das vorne an der Stirn ansetzen kann oder am Nacken und – PENG, er drückt plötzlich ab, aus heiterem Himmel, die Kuh geht in

die Knie, er sofort rüber, ran an die Kuh, das Tier an die Kette gehängt, Hals hochgerissen und das Messer durchgezogen, Blut schießt heraus, das geht alles blitzartig. Der Lehrer prallt nur noch an die Wand zurück und ringt nach Atem, die Kids fallen um oder rennen schreiend aus dem Schlachthof.
Hermann spricht ganz ruhig weiter. Bleiben Sie doch hier, jetzt kommt doch, wie wir sie aus dem Fell schlagen. Vier Schüler sind geblieben, die hatten nicht begriffen, das man abhauen muss, wenn man genug hat, die hat er nicht mehr weggelassen. Er hat dann die Kuh aus dem Fell geschlagen. Danach holt er eine große Schubkarre und sagt, so, nun kommt der Höhepunkt. Aufpassen, dass die Galle nicht kaputtgeht. Dann nimmt er sein Messer, schneidet das Teil mit einem Schnitt der Länge nach auf, klappt das auseinander, und in die Karre fällt ein riesengroßer Haufen. Er ist dann richtig mit den Armen rein und holt das da raus, son Menschenkörper sitzt dabei ja fast zur Hälfte in sonem Vieh drin, das blutet auch ordentlich. Aber die vier haben das bis zum Ende durchgezogen. Er redete immer vollkommen freundlich, und die sind wie in Trance hinter ihm hergelaufen. Am Schluss hat Hermann ihnen die Hände geschüttelt und gesagt, alle Achtung, Jungs, ihr könnt im Schlachthof arbeiten, meldet euch doch gleich an.
Auf soner Ebene liefen auch die Gespräche untereinander, selbst abends in der Kneipe, wo man sich nach Schichtende getroffen hat. Da waren ja nun einige Typen dabei, die haben wirklich gesoffen, bis sie mit dem Kopf auf den Tisch knallten. Es ist auch öfters mal abgegangen, aber ich muss ehrlich sagen, da hab ich mich nie eingemischt. Das war mir von vornherein klar, also wenn ich zwischen diese Drahtgittertypen gerate, dann ist Ende. Da hab ich mich nie mitgekloppt. Ich bin schon mal mit ein Bier trinken gegan-

gen, aber wenn ich merkte, jetzt schlägt die Stimmung um, bin ich abgehauen, das war mir zu heftig.

Überhaupt war dieser Schlachthof kein Aufenthaltsort, wo man länger bleiben möchte. Anfangs hab ich das ja noch ne Weile durchgezogen. Dieser männliche Ehrgeiz, das auszuhalten und neben den anderen bestehen zu können, dieses Sich-nicht-unterkriegen-lassen undsoweiter. Aber ich hab bald gemerkt, ich kann das nicht auf Dauer. Wenn du da morgens um vier Uhr in den Schlachthof kommst und da steht jedes Mal son Wagen mit lebendigem Vieh, das dampft noch, und du musst das immer wegmachen, dann denkst du nur, Scheiße. Warum ich. Da hast du wirklich mit lebendigen Wesen zu tun. Und manchmal quiekt son armes Schwein, weil du es nicht richtig getroffen hast, und schreit gottserbärmlich. In solchen Momenten ist das bei mir voll durchgebrochen. Verdammt, ich bring hier ohne Ende um.

Da hab ich schon gemerkt, dass ich fürs Töten nicht geeignet bin. Also in der Kopfschlachtung war ich nach acht Wochen definitiv am Ende. Dieses massenhafte Töten, diese bitterböse Atmosphäre, und das jeden Tag, das hat mich einfach platt gemacht.

Ich hab danach noch ne Zeit lang in anderen Abteilungen gearbeitet, aber es hat mir dann auch bald gereicht.

# Beim Bund

Ich hatte kein ethisches Motiv, nicht zur Bundeswehr zu gehen, auch kein politisches, sondern einfach nur die Schnauze voll, mir von irgendwelchen Leuten Schwachsinn erzählen zu lassen. Ich hatte ja gerade ne Menge Unfreiheit erlebt und nun wirklich keinen Bock darauf, mir schon wieder von solch blutarmen Willis Vorschriften machen zu lassen.
Also was kann ich machen, dass ich da nicht hin muss. Die Möglichkeiten waren begrenzt, ich konnte nur Gewissensgründe angeben, das lief ja damals noch mit mündlicher Verhandlung. In der ersten Verhandlung ging das ruckzuck. Herr Kujat, als ehemaliger Boxer sind Sie zweifellos aggressiv genug, Wehrdienst zu leisten. Ablehnung. Bei der zweiten Verhandlung war ein Pfarrer dabei, der war der Schlimmste, hat die dämlichsten Fragen gestellt. Der hat mich so zur Weißglut gebracht. Zum dritten Mal die Frage: Was würden Sie tun, wenn Sie mit Ihrer Freundin durch den Wald gehen und da kommt jemand, der Ihre Freundin vergewaltigen will. Als diese Frage das dritte Mal kam, hab ich ihn angeschnauzt. Ey Alter, pass auf, ich sag dir, was ich machen würde: Dem würde ich den Arsch aufreißen bis zur Nackenhaut!
Da ging ein Raunen durch den Saal, nach dem Motto, wie kann man nur so blöde sein. Die grinsten alle nur noch. Sie hatten mich.
Schon drei Wochen später hatte ich den Einberufungsbefehl auf dem Tisch. Eingezogen in die Marine, zu den Landungstruppen. Die letzten freien Tage bin ich dann losgezogen, hab gefeiert ohne Ende, erst mit alten Kumpels in Emden, später auf Norderney. Am Tag, als ich einrücken musste, hab ich schon auf dem Schiff nach Norddeich angefangen, mir die Kante zu

geben. Bin nur noch im Schleudergang in den Zug nach Glückstadt gerauscht, in Partyklamotten und total besoffen.

Als ich in dem Kaff ankomme, ist es schon reichlich spät. Ich gehe zur Kaserne und klopf da an die Pforte. Daraufhin kommt son Offizier, mit Spiegelei an der Brust. Erinnert mich an ein Hotel, da haben die Empfangsboys auch immer son Teil an der Kordel. Ich sage, bist du hier der Nachtpförtner, dann zeig mir doch bitte mein Appartement. Da hat mich der Wachtrupp gleich eingesackt, und ich hab die erste Nacht im Tank verbracht.

Am nächsten Morgen wurde ich eingeteilt. Erster Zug. Ich musste dann zur Klamottenausgabe, das hatten die anderen schon hinter sich. Dort war Einkleidung, das ging auch alles gut, bis auf die Schuhe, da wurde es schwierig, weil ich Schuhgröße neunundvierzigeinhalb habe. In der Größe haben die in ihrem Lager nichts gefunden, nicht ein einziges Paar Schuhe. Ja, hieß es, die müssten erst bestellt werden.

Ich war ja praktisch direkt von der Party in die Kaserne gekommen und hatte rote Lackschuhe an, sonst hatte ich auch nichts mit. Das bedeutete, dass ich in den ersten Tagen in voller Uniform, aber mit roten Lackschuhen antreten musste.

Das erste, was du lernst, ist das Antreten in Reihe. Dann sagt der Spieß: Stillgestanden, und alle klappen die Hacken zusammen. Mit den fetten Stiefeln klingt das unheimlich dunkel. Aber in unserem Zug hörte sich das etwas anders an. Da kam der dunkle Ton, KLUMPF, mit einem hellen klick, das waren die Lackschuhe. Auch beim Marschieren war das zu hören. Ich musste sogar mit den Schuhen ins Gelände.

Schon in der dritten Nacht hält der Truppenkommandeur es für nötig, ein nächtliches Wecken zu veranstalten. Alle antreten. Stillgestanden, Augen gerade-

aus. Zur Meldung an den Kapitänleutnant, Augen links.
Dann kommt dieser Kommandeursheini anmarschiert, will jetzt die Truppe abnehmen. Ich stehe in der ersten Reihe, hab meine Lackschuhe an und sehe ihn kommen. Er schreitet vorwärts, kommt an mir vorbei, guckt mich an und erblickt die Schuhe. Starrt die an und fängt an zu beben. Ich grinse nur. Was kann ich dafür, wenn ihr keine Schuhe für mich habt. Da brüllt der Typ mich an, aber ohne Ende. Ich denke, das gibts doch gar nicht. Der brüllt wie ne Sirene. Und ich kann das nicht ab, wenn mich einer anbrüllt, da werde ich echt aggressiv. Irgendwann schreie ich zurück. Jetzt hör aber mal auf. Was denkst du denn, dass du hier die Leute so anbrüllst. Wenn dich was stört, dann sag das doch.
Da guckt er mich an und ist auf einmal völlig sprachlos. Fängt sich aber gleich wieder und schreit, Rapport, marschmarsch, aufs Zimmer. Wendet sich zum Spieß. Diesen Mann will ich hier nicht eher wieder sehen, bis der ein Paar anständige Schuhe hat. Ist das klar. Fortan hatte ich erstmal Stubendienst.
In den ersten Wochen beim Bund, während der Grundausbildung, wirst du ja völlig zum Kind gemacht. Also du darfst überhaupt nichts selbstständig machen. Du kannst zum Beispiel nicht alleine zum Essen gehen, um mal n bisschen Ruhe zu kriegen, das gibts nicht. Du musst zu festgelegten Zeiten mit dem ganzen Haufen im Hof antreten, und dann hintereinander sechzehnhundert Leute zum Essen fassen, das scheppert ohne Ende.
Die jagen dich Tag und Nacht aus dem Bett. Morgens fünf Uhr dreißig ist Antreten zum Grüßaugust. Jeden Tag exerzieren, ins Gelände, Schießen, den ganzen Schwachsinn, bis abends um zehn, dann musst du irgendeinem Unteroffizier Meldung machen. Stube 107

mit zwölf Mann belegt. Daraufhin kommt der Typ rein und kontrolliert alles. Wenn er sagt, dein Spind ist nicht aufgeräumt, darfst du gleich n Bückling machen und den nochmal neu einräumen. Er prüft auch, ob alles sauber ist, sogar oben aufm Schrank und so, völlig bescheuert. Wischt mit nem Finger auf dem Spind rum und zeigt mir seine Flosse. Pustet und fragt, sehen Sie mich noch. Ich sage ganz trocken, nee, ich vermute Sie nur. Das war schon Grund zur Strafe, dafür durfte ich ein Wochenende nicht nach Hause.
Nach einer Woche kamen die Schuhe, da musste ich auch wieder mit ins Gelände. Überhaupt gings dauernd ins Gelände. Ich habe es gehasst. Stundenlang durch den Dreck kriechen, auf Tannennadeln liegen und Krieg spielen. Wie son Haufen aufgescheuchter Hühner übers Feld rennen, Gesicht angemalt und Gemüse aufm Kopf, also ich fand das total lächerlich. Aber für die Offiziere war das offensichtlich der größte Spaß, gerade bei schlechtem Wetter. Die haben uns kreuz und quer übers Feld gescheucht. Zwischendurch haben sie dann plötzlich gerufen: Fliegeralarm. Dieser Ruf bedeutete, dass du dich sofort auf die Erde schmeißen musstest. Jeder, der sich in dem Moment nicht richtig in den Dreck warf, bekam Extratraining. Die haben sich einen Jux daraus gemacht, immer genau dann zu brüllen, wenn du direkt vor sonem Panzerloch mit drei Meter Wasserstand gestanden hast. Das war schon heftig. Nur weil der son blöden Lappen auf der Schulter hat, kann er sich da hinstellen und dir befehlen, dass du dich in den Dreck schmeißen sollst.
Bei den Geländeübungen wurde natürlich dauernd das Gewehr benutzt, mit Übungsmunition. Scheiße war, dass dabei das ganze Schwarzpulver im Rohr hängen geblieben ist, also dieses Teil wurde saudreckig. Jeden Freitag war die Grundreinigung des Gewehrs an-

gesagt, denn mittags haben die überprüft, ob du alles richtig gemacht hattest und ins Wochenende durftest. Da Glückstadt ziemlich weit weg ist von Ostfriesland, war das Wochenende gegessen, wenn ich nicht freitags um drei am Bahnhof stand. Danach bin ich nicht mehr nach Ostfriesland gekommen. Und das wussten diese Drecksäcke. Solange du noch in der Ausbildung bist, beobachten die dich ja wie die Geier, jede Verfehlung ist für sie das Größte. Und ich war ja schnell bekannt als n bisschen widerspenstig, da war es ein beliebtes Spiel der Unteroffiziere, mich nicht rechtzeitig wegzulassen.

In diesen ersten Wochen habe ich mich ja auf deren Regeln eingelassen. Ich wusste schließlich, wenn ich ins Wochenende will, muss ich da jetzt irgendwie durch. So mache ich am Freitag das Gewehr gründlich sauber, wie vorgeschrieben. Zieh ne Kette durch den Lauf, reinige alles mit Öl, das ist richtig Arbeit. Dann bring ich diesem Typen das Gewehr. Der schiebt da son Spiegel rein, mit dem er sehen kann, ob im Lauf noch irgendwie Dreck ist. Kommt auch gleich der übliche Spruch, Mensch, Kujat, da sind ja noch ganze Elefanten drin.

Ich hab sehr bald festgestellt, wenn du da was finden willst, kannst du immer was finden. Deshalb hab ich das Teil mit unter die Dusche genommen, hab ordentlich mit Heißwasser ausgespült und nachher Öl reingeschüttet. Das war zwar von der Qualität nicht so gut, fürs Schießen, aber das war mir egal, ich hatte ja eh kein Interesse daran, Krieg zu spielen.

Ich bring diesem Typen dann zum zweiten Mal das Gewehr. Er schiebt den Spiegel rein, guckt kaum hin und sagt wieder, Mensch, Kujat, da sind ja immer noch ganze Elefanten drin. Ich weiß ja nun, das kann nicht sein. Denke, du hast ja wohl n Rad ab, Alter, du willst mich hier verarschen. Ich sage dann: Melde ge-

horsamst, das halte ich für unmöglich. Er richtet sich auf und faucht, Kujat, wenn ich ihnen sage, dass das Gewehr verdreckt ist, dann ist das Gewehr auch verdreckt, kapiert.
Da ist mir der Kragen geplatzt. Ich hab ja das Spiel mitgespielt und bin mir sicher, das Gewehr ist total sauber, da kann ja gar nichts mehr sein. Denke, also ich hab hier vor dir gekniet mit dem Scheiß-Gewehr, das ist schon ne Menge, aber dass du mich jetzt auch noch verarschen willst, das ist nicht angesagt.
Ich greife ihn am Nacken und sage, so, jetzt ist Schluss mit lustig, jetzt gucken wir mal gemeinsam. Drücke seinen Kopf an diesen Spiegel, so dass er reingucken muss, obwohl er nicht will. Blickt mich ganz ängstlich an, versucht aber, Haltung zu bewahren, nach dem Motto, ich bin hier der Vorgesetzte. Er behauptet weiterhin, dass das Gewehr nicht sauber sei. Da werde ich laut. Du hast wohl nicht verstanden, was ich gesagt habe: Das Gewehr ist sauber.
Es ist ja ganz einfach. Er hat Regeln aufgestellt, und ich habe mich daran gehalten. So. Und wenn die Moral in der Truppe stimmen soll, dann muss er sich genauso an die Regeln halten. Dass er an mir seine Willkür austobt, lasse ich mir nicht gefallen. Gibts nicht.
Nur Sekunden, nachdem ich ihn gepackt habe, kommt die Wache angestürmt. Ich werde von allen Seiten angebrüllt und zum Abschnittskommandeur gebracht. Ich versuche ihm zu erklären, dass ich mich ungerecht behandelt fühle, dass sich auch die Offiziere an die Regeln halten müssen. Aber der Kommandeur meint nur trocken, Kujat, es geht hier darum, dass Sie die Disziplin lernen, die Offiziere haben die schon. Er hat mir dann sechs Wochenenden gesperrt, das heißt ich komme für sechs Wochen nicht mehr aus der Kaserne raus. Alle anderen gehen nach Hause, aber ich muss bleiben.

Was blieb mir schon übrig. Ich bin regelmäßig abends in die Kantine gegangen und hab mir die Kante gegeben, aus lauter Langeweile. Werde so langsam verrückt, weil ich wochenlang nicht mehr aus dieser Scheißkaserne rauskomme.

Eines Abends sitze ich mal wieder mit n paar Leuten in der Kantine. Wir zechen ne Flasche Korn, das ist während des Bereitschaftsdienstes natürlich nicht erlaubt. Plötzlich kommt n Unteroffizier rein. Ich denke noch, versteck ich jetzt die Flasche. Blödsinn. Ich hab keinen Grund, etwas zu verstecken, weil mir niemand etwas wegnimmt, wenn ich das nicht will.

Der Unteroffizier sieht uns, erspäht die Flasche und kommt direkt an unseren Tisch. Er meint, geben Sie mir mal die Flasche da rüber. Ich sag, wieso, sind Sie hier der Kellner, dann müssten Sie doch sehen, dass die Flasche noch halb voll ist. Er wird sofort sauer. Also diese Flasche ist eingezogen. Nee, sag ich, ich will die jetzt trinken. Er rennt dann los, den Dienst habenden Offizier holen. Als die zu zweit zurückkommen, fängt der Offizier schon von weitem an, mich anzubrüllen. Ein mickriger Typ, aber er brüllt wie ein Idiot, hört überhaupt nicht mehr auf damit. Irgendwann wirds mir zu blöd. Ich steh auf und verpass ihm eine. Als er zu Boden geht, fängt der Unteroffizier an, ganz komisch mit dem Kopf zu zucken. Das gäbe jetzt aber den totalen Ärger.

Ich bin dann gleich in den Knast gekommen. Zwei Tage später wurde ne Disziplinarstrafe ausgesprochen. Ich musste für einundzwanzig Tage in den Bunker. Also jetzt nicht mehr nur die Ausgangssperre, jetzt auch noch in diesen Tank rein. Da war denn auch der Zeitpunkt erreicht, wo ich so langsam richtig stinkig geworden bin.

Wenn man das erste Mal für drei Wochen einfährt, weiß man ja gar nicht, was da auf einen zukommt.

Ich erwarte das Schlimmste, aber es passiert erstmal weiter gar nichts, als dass die mich in son Loch einsperren. Die Wachen nehmen mir noch meine privaten Sachen weg, Tabak, Geld und so. Ich habe ein Anrecht auf fünf Zigaretten pro Tag und darf mich für ein Buch entscheiden: entweder die ZDV, die Zentrale Dienstvorschrift der Bundeswehr, oder die Bibel. Dann werde ich eingeschlossen.
Die Zelle ist etwa drei mal drei Meter groß und knapp drei Meter hoch, fast wie ein Würfel. Alles kahl und dunkel, es gibt nur einen kleinen Glasbaustein direkt unter der Decke, der etwas Licht hereinlässt. Die Einrichtung besteht aus einer Pritsche, die morgens um fünf Uhr dreißig von den Wärtern hochgeklappt und angeschlossen wird. Ansonsten gibts nur einen Stuhl, das wars.
Während der nächsten drei Wochen sitze ich praktisch durchgehend in dieser Zelle. Es gibt nur eine Stunde Hofgang täglich, natürlich alleine. Essen bekomme ich in der Kantine, aber es wird auch da überwacht, dass niemand mit mir spricht.
Am Anfang habe ich mir noch nicht so richtig Gedanken über die Zeitdimension gemacht. Hab gedacht, drei Wochen sind ja schnell um. Aber dann sitze ich da in dieser Zelle, alleine, und es passiert überhaupt nichts, einfach absolut gar nichts. Die Zigaretten sind schnell weg. Schon bald sitze ich nur noch rum und starre Löcher in die Luft, immer länger, eine Ewigkeit. Irgendwann stelle ich fest, es sind erst drei Stunden vergangen. Ich habe aber drei Wochen abzusitzen. Das ist der totale Schock. Das darf nicht wahr sein. Innerhalb kürzester Zeit fange ich an, dagegen zu kämpfen, dass ich über die Zeit nachdenke und ständig überlege, wie spät es jetzt gerade sein mag. Dieser Gedanke nimmt mich so gefangen, dass mir die Zeit endlos vorkommt.

Es gibt ja auch kaum Ablenkung. Nicht mal Geräusche, ganz anders als sonstwo in der Kaserne, da ist ja immer viel Lärm. Schon bald freue ich mich total, wenn da mal ne Truppe am Bunker vorbeiläuft. Einfach mal wieder Menschen hören. Versuche mir einzureden, wie toll das ist, dass die jetzt marschieren müssen, und ich nicht. Denke aber eigentlich, Scheiße, ich würde lieber marschieren. Sonne, Luft, alle diese selbstverständlichen Sachen werden plötzlich zu einem unglaublich wichtigen Bestandteil meiner Sehnsüchte. Immer öfter lehne ich den Stuhl an die Wand und erklettere die wacklige Rückenlehne, eine echt heikle Angelegenheit, nur um durch den gekippten Glasbaustein einen winzigen Spalt von draußen zu erspähen.

Ich fange im Laufe der Tage an, mir die absurdesten Geschichten zu überlegen, um die Zeit totzuschlagen. Das geht soweit, dass ich beginne, mich mit Spinnen und Fliegen zu unterhalten, nur um ne Ablenkung zu haben, oder mit denen rumzuspielen, wie ein kleines Kind, das ist auf einmal ne tolle Beschäftigung.

Dieses erste Mal einundzwanzig Tage im Tank, das ist wirklich ne heftige Geschichte. Ich hab da gemerkt, es gibt nichts Schlimmeres, als wenn dich jemand wegsperrt. Körperlicher Schmerz geht vorbei, aber sone psychisch eingeengte Situation, wo dein ganzes Dasein dermaßen reduziert wird, das tut wirklich weh, das macht dich fertig.

Bei mir hat das erstmal ne Trotzreaktion ausgelöst, ich war immer weniger bereit, nach deren Pfeife zu tanzen. Hab immer öfter Anordnungen verweigert, hab alles verzögert und vertrödelt. Wenn unser Zug antreten sollte, dann hab ich mich nicht beeilt, warum auch, war mir egal. Die anderen fanden das Scheiße, denn wenn einer zu spät kam, wurde der ganze Zug bestraft. Deshalb war ich zu diesem Zeitpunkt nicht

besonders beliebt, also die haben mir schon zu verstehen gegeben, dass sie meine Verweigerungshaltung nicht so gut finden. Haben auch n bisschen gedroht, sich aber dann doch nicht getraut.
Dieses permanente Verweigern hat wenig später dazu geführt, dass ich in eine Strafeinheit bei Niebüll versetzt wurde, das liegt in der Nähe der dänischen Grenze. Dreißig Kilometer Ackerland und in der Mitte ne Kaserne mit Munitionsbunker. Kein Dorf, keine Kneipe, nichts, nur diese gottverdammte Kaserne und rundherum flaches Ackerland. Dort haben wir nichts zu tun gehabt als die ganze Woche Wache zu schieben. Im tiefsten Winter den ganzen Tag den Zaun rauf und runter, ohne Ende, da kriegt man ne Macke.
Aber ansonsten wars in diesem Strafbataillon eigentlich ganz erträglich. Wir haben gekifft, Karten gespielt und so. Selbst die meisten Offiziere waren einigermaßen okay, waren ja auch Leute, die nicht weiterkamen, weil sie irgendwelche Scheiße am Hacken hatten.
Leider gab es einen Offizier, der immer noch glaubte, er könnte in dem Haufen Karriere machen. Ein Hundertzehnprozentiger. Wenn der uns beim Kartenspiel erwischte, war das Wochenende gestrichen. Strafwache. Ständig hat der Kerl sone Scheiße gemacht. Hat uns drei Mal hintereinander das Wochenende gestrichen, wir saßen richtig fest in dieser Einöde.
Es ist Freitagabend. Wir haben es uns gemütlich gemacht, und alle sind sicher, jetzt ist erstmal Ruhe. Der Offiziersarsch hat frei, den sehen wir erst Montag wieder. Nur ich hab n ungutes Gefühl, denke die ganze Zeit, der Typ bringt das, der kommt in seiner Freizeit vorbei, nur um uns einen reinzuwürgen.
Ich warte dann draußen. Lange passiert gar nichts. Doch rerade als ich denke, er kommt wohl nicht mehr, knirscht es leise im Schnee; es ist der Offizier.

Ist auch noch in Zivil, der Depp. Als er auf meiner Höhe ist, lege ich den Sicherheitsbügel um, das macht klick, und dann weiß jeder Soldat: Aha, der hat sein Gewehr entsichert, und er weiß auch, da sind jetzt fünf Schuss scharfe Munition drauf. Ich rufe, Halt, wer da, das Kennwort. Es gibt ja immer Kennworte, die muss man wissen, ansonsten ist man nicht befugt, in der Nähe dieses Depots zu sein.
Der Offizier erkennt mich sofort. Mensch Kujat, ich bins, machen Sie keine Scheiße. Ich antworte, also ich kenne Sie nicht, ich will nur eins: das Kennwort. Er meint nochmals, Kujat, hören Sie auf mit dem Scheiß. Ich ignoriere sein Gebrüll. Trete an ihn ran und halte ihm die Knarre direkt an den Kopf. So, Sie wissen das Kennwort nicht. Ich verhafte Sie wegen Spionage.
Mit dem durchgeladenen Gewehr im Nacken hab ich ihn 500 Meter durchs Gelände geführt, bis zur Wache. Ey, das ist kein schönes Gefühl, mit einer entsicherten Wumme im Kreuz durch den Wald zu stolpern und dabei nicht zu wissen, ob der Typ hinter dir nicht doch durchgeknallt ist.
Ich führe ihn direkt zur Wache. Matrose Kujat, melde gehorsamst, unbekannte Person ohne Kennwort. Halte den Mann für einen Spion. Die gucken mich an, nach dem Motto, der Typ ist verrückt geworden, wohl zu lange auf Wache gewesen, jetzt ist er verrückt. Versuchen mich zu überreden, die Waffe runterzunehmen. Ich sage immer wieder nur, er weiß das Kennwort nicht. Schließlich baut sich der OVD, der Offizier vom Dienst, vor mir auf und brüllt, FUCHSBAU, SIE IDIOT, FUCHSBAU. Ist mir bekannt, sag ich, aber er weiß es nicht.
Irgendwann wird die Sache zu heiß für mich. Ich sage, also ich hab den Spion hier abgegeben, damit ist die Sache für mich erledigt. Nehme das Gewehr runter,

drehe mich um und gehe raus. Die waren völlig konsterniert, haben ein paar Minuten gebraucht, um zu checken, dass sie mich jetzt verhaften müssen.
Auf Grund dieser Geschichte musste ich zum zweiten Mal für einundzwanzig Tage in den Tank, noch vor Ablauf der dreimonatigen Grundausbildung. Diesmal war mir natürlich klar, was da auf mich zukommen würde, das war schon ein beklemmendes Gefühl, da wieder rein zu müssen. Du darfst auch nicht vergessen, dass diese Tage im Knast nicht auf die Wehrdienstzeit angerechnet werden, sondern du musst jeden einzelnen Tag, den du im Knast verbringst, auch zusätzlich noch nachdienen. Ich habe jetzt schon sechs Extrawochen abzuleisten und bin dementsprechend geladen, als ich endlich wieder aus diesem Loch rauskomme.
Bald darauf wurde ich nach Aurich versetzt. In Niebüll hatten die Leute immer erzählt, nach der Grundausbildung würde alles besser, dann könnte man eine ruhige Kugel schieben. Aber in Aurich änderte sich eigentlich gar nichts, ich musste mich weiterhin von irgendwelchen Affen rumkommandieren lassen und eine Geländeübung nach der anderen mitmachen.
Die wollten mich zum MG-Schützen ausbilden. Ich hab mir gedacht, in dem Augenblick, in dem die sich nicht mehr trauen, mir ein Gewehr zu geben, müsste damit doch eigentlich Schluss sein.
Die Situation ist die: Martin und ich sind MG-Schützen, wir sollen mal eben vom Schießstand aus son paar Pappkameraden auf einer Böschung abballern. Die Offiziere sitzen unten am Hang in Deckung, in einem Bunker, von dem aus sie die Trefferzahl ansagen. Ich bin MG-Schütze 1, das heißt ich sitze am Abzug, Martin ist MG-Schütze 2, der legt den Patronengurt ein. Son Gurt hat 600 Schuss. Das klingt viel, ist es aber nicht, die knallst du so weg. Auf einmal denke ich, Mensch, das ist doch die Gelegenheit, de-

nen da unten mal auf den Zahn zu fühlen. Diese Offiziere sind ja alles Machos, finden sich unheimlich toll, machen immer lockere Sprüche und so. Kurz bevor es losgeht, sage ich zu Martin, pass mal auf, du musst gleich die Gurte, die daneben liegen, alle nacheinander einklinken. Dir kann nichts passieren, wenn Schütze 1 Schütze 2 nen Befehl erteilt, dann muss der das tun. Echt, Alfons. Ja, klar, das ist so.
Ich nehme dann das Ziel auf und lege den Sicherungshebel rum. Einer brüllt, Feuer frei. Ich hab zuerst so richtig da oben reingehalten, als wenn ich zielen würde. Nach ein paar Sekunden hab ich das Maschinengewehr abgeklappt, nach unten, auf die Sichtschlitze dieses Bunkers. Und halte rein, mit allem was da ist. Brülle nur noch nach rechts, nachlegen, nachlegen, und nehme den Finger nicht mehr vom Abzug. Unten am Bunker schlagen die Kugeln ein, spritzen da rum ohne Ende, man hört die Querschläger pfeifen. Die Offiziere rufen, Feuer einstellen, Feuer einstellen. Ich lasse sie brüllen. Martin ist völlig begeistert. Mit glühenden Backen hakt er immer weiter die Gurte ein, im festen Glauben, ihm könne ja nichts passieren. Der Idiot. Natürlich ist er auch in den Knast gewandert.
Irgendwann sind die Patronengurte verbraucht. Als der Lärm verhallt ist, rufe ich rüber: Und? Wie siehts aus mit Treffern? Die werden ja von den Offizieren angesagt. Aber da kommt gar nichts. Absolute Stille. Die liegen alle auf dem Boden und scheißen sich in die Hosen. Schließlich geht die Luke auf, die Offiziere kommen einzeln aus diesem Bunker gelatscht, sind völlig runter mit den Nerven, die klappern nur noch. In dem Moment muss ich plötzlich fürchterlich lachen, kann überhaupt nicht mehr damit aufhören. Daraufhin kommen einige der Offiziere angerannt und prügeln auf mich ein. Klar, war ja auch nicht nett

gewesen. Danach bin ich natürlich gleich wieder im Tank gelandet.
Diese Tanks gleichen einander ja ziemlich, sind alle völlig kahl, mit Glasbaustein, hochgeschnalltem Bett und Stuhl. Ich denke, schon wieder drei Wochen in sonem Loch, dann werde ich bekloppt. Also wie komme ich hier raus.
Die günstigste Situation für einen Ausbruch ist beim Essen in der Kantine. Da marschiert immer ein Unteroffizier mit, zur Bewachung. Eigentlich darf der nicht mit mir reden, aber ich belaber den Typen, ohne Ende. Ich müsse dringend bei meiner Freundin anrufen, sie sei schwanger und ihre Mutter liege im Sterben, sowas. Da die Telefone in der Kantine sind und er alles überblicken kann, ist er einverstanden.
Vor diesen Telefonzellen stapeln sich die Matrosen, die tragen alle die gleichen weißen Marineklamotten. Ich reihe mich ein und tu so, als würde ich ans Telefon gehen. Als die Aufmerksamkeit des Unteroffiziers nachlässt, tauche ich unauffällig ab. Renne in meine Stube, greife mir n paar Klamotten, klettere über den Zaun und bin weg.
Daraufhin bin ich erstmal losgezogen und hab mich ne Weile in Aurich rumgetrieben. Ich kannte ne Bardame in sonem Fummelschuppen, bei der hab ich öfters genächtigt. Ich wusste natürlich aus der ZDV, wenn du abhaust und nicht innerhalb von 72 Stunden zurückkehrst, ist das Fahnenflucht. Danach ist es nur dann keine Fahnenflucht, wenn du freiwillig zurückkehrst und dich bei deinem Vorgesetzten innerhalb der Kaserne meldest. Am Tor klingeln reicht nicht, dann halten die dich an der Pforte fest und verpassen dir n Zivilprozess. Zivil wirds richtig heftig, für Fahnenflucht kannst du fünf Jahre Knast kriegen.
Nach etwa zwei Wochen bin ich deshalb ganz vorsichtig über den Zaun in die Kaserne zurückgekehrt. Gehe

direkt zum Spieß und sage, Matrose Kujat meldet sich zurück. Ausflug war klasse. Der Typ meint nur, Kujat, das hat Folgen. Also wir können Sie ja nicht länger als einundzwanzig Tage lang einbuchten, aber verlassen Sie sich darauf, danach gibts Ausgangssperre. Und ne fette Geldstrafe. Die haben fortan meinen Sold gepfändet und mir von diesem Zeitpunkt an immer nur noch das Minimum von dreißig Mark ausgehändigt.
Aber ich hab mich weiterhin verweigert, hab alles verweigert. Also wenn ich zum Beispiel den Empfang dieser dreißig Mark quittieren sollte, habe ich gesagt, das unterschreibe ich nicht. Dann geben Sie das Geld zurück. Nee, das mache ich auch nicht. Dann müssen wir Ihnen das gewaltsam abnehmen. Bitte, wenn Sie meinen, dann müssen Sie das tun.
Mein Vorgesetzter war natürlich total begeistert von dieser Haltung. Mit dem hatte ich ständig Streit. War n ganz junger Bootsmann, der, anders als die Matrosen im Ersten Zug, ziemlich klein und schmächtig war. Irgendwie hat er sich dadurch wohl nen Minderwertigkeitskomplex eingefangen.
Der Typ lässt uns regelmäßig strammstehen und brüllt dann los. Hier gibt nur einer Befehle, das ist der Teufel, und der Teufel bin ich. Ist schon komisch, wie er da rumzappelt, sieht total lächerlich aus. Scheißegal ob stillgestanden, den muss man einfach auslachen.
Aber der Typ kann auch unendlich nerven. Gerade beim Exerzieren. Er will uns ärgern und spielt ständig diese Spielchen mit uns. Vorwärts marsch. Leitet uns auf die Kasernenmauer zu und sagt erst im allerletzten Augenblick, direkt vor der Mauer, Links schwenk marsch. Das nervt. Nachdem er das Spiel zwei Mal gemacht hat, überhöre ich beim dritten Mal seinen Befehl und laufe direkt gegen die Mauer. Die anderen machens genauso, alle rennen in die Mauer. Er brüllt nur noch, mit überkippender Stimme, links schwenk,

hab ich gesagt, links schwenk. Aber wir jammern nur, mir tut der Kopf so weh, ich muss zum Sani. Danach latschen achtzehn der zwanzig Leute zur Krankenstation. Der Typ bleibt zurück, mit nur noch zwei Deppen, die sich bei ihm einschleimen wollen, die lässt er zur Belohnung weiter exerzieren.

Er hat mich daraufhin ausgeguckt für irgendwelche Scheiße. Zum Beispiel Löscharbeiten üben. Das dauert mal wieder ne Ewigkeit, wie alles bei der Bundeswehr, in der Zwischenzeit wäre im Ernstfall die halbe Stadt abgebrannt. Als dann endlich der Wasserstrahl kommt, halte ich den Schlauch mal eben kurz in seine Richtung. Er steht nur n paar Meter weg und wird klatschnass. Daraufhin kommt gleich die Unterstellung, ich hätte das mit Absicht gemacht. Das fand ich natürlich ne Frechheit und hab mich auch dagegen gewehrt. Also ich hab die Kontrolle verloren, und der Bootsmann stand nun mal da, obwohl in der ZDV steht, dass im Umkreis von fünfzehn Metern keiner mehr stehen darf. Ich hatte nicht umsonst die ZDV im Knast studiert. Mit der Vorschrift hab ich sie gekriegt, da konnten sie nichts gegen sagen.

Wenig später will er sich für die Blamage rächen. Kommt morgens beim Frühstück an und sagt, Kujat, ab zur Reinigung des Heizungskellers. Da ist mir schon klar, zehn Zentimeter Staub. Wir gehen runter in den Keller. Dort frage ich ihn, also womit soll ich das sauber machen. Mit nem Besen, meint er. Aber das geht doch nicht mit nem Besen, bei soner Staubschicht, wie soll das gehen. Er schaut sich um und sieht, dass in diesem Heizungskeller überall Feuerwehreimer rumhängen. Greift sich n Eimer und meint zu mir, nehmen Sie sich nen Lappen und diesen Eimer und fangen Sie an. Ich sag ganz ruhig, nee, mit dem Eimer mach ich das nicht. Wieso, fragt er, wollen Sie den Befehl verweigern. Ja, in diesem Fall schon, denn

in der ZDV steht, dass diese Feuerwehreimer ausschließlich für Löscharbeiten verwendet werden dürfen und für nichts anderes. Er denkt, ich will ihn verarschen und fängt an zu brüllen. Ich schleuder den Eimer in die Ecke und schreie, du kannst dich hier auf n Kopf stellen, mit diesem Eimer mach ich das nicht.
Wir marschieren dann nach oben, zum Chef. Was ist schon wieder los. Ich sag, der Unteroffizier will mich zwingen, gegen die Vorschriften zu verstoßen. Daraufhin schlägt der Kommandeur in der ZDV nach. Da steht eindeutig drin, Feuerwehreimer sind ausschließlich für Löscharbeiten zu verwenden. In dem Augenblick habe ich gewonnen. Der Unteroffizier muss losziehen und nen anderen Eimer besorgen.
Nachdem ich den Typen auf diese Weise mehrmals vorgeführt habe, wissen alle, dass er n Depp ist, sogar die Offiziere. Den hat keiner mehr ernst genommen. Er ist dann in eine andere Kaserne versetzt worden, zwei Jahre brüllen umsonst.
Solche Geschichten fanden die anderen Rekruten natürlich auch klasse. Klar, oft wird der ganze Zug bestraft, aber sie haben ja andererseits auch Vorteile, sind immer live dabei und können später die Story erzählen. Dafür nehmen sie auch n paar Unannehmlichkeiten auf sich.
Wir bekamen einen neuen Vorgesetzten, nen richtig alten Knochen, der galt als Schleifer, hatte auch sone Sprache, der hat auf viele Eindruck gemacht. Aber mich hats amüsiert, wenn er rumbrüllte, weil ich gesehen habe, der ist n Bierfass, und da oben im Hirn scheppert ne Vorschriftsmaschine, mehr ist da nicht.
Der Typ kannte ja nun die Geschichte seines Vorgängers. Er hat gleich am ersten Tag zu mir gesagt, Kujat, wenn der Feind kommt, achten Sie darauf, wer hinter Ihnen steht. Also zu Deutsch, im Ernstfall würde ich dir n Kopfschuss verpassen.

Wir sind sehr bald aneinander geraten. Er wollte immer, dass wir morgens zügig aufstehen und vor ihm strammstehen. Ich habe ihm ganz klar gesagt, also dass ich hier nen strammen Max gebe, das ist nicht. Aber der Alte will es wirklich wissen. Der rennt jeden Morgen eine Stunde vor dem Wecken durch den Flur und ruft: Leise, Reise, aufstehen; die eine Hand am Sack, die andere am Socken, Seemann schlaf weiter, es war nur das Locken. Das war der Spruch, dann konntest du noch ne Stunde pennen, also völliger Blödsinn, hat mich tierisch genervt, der Idiot. Ich bin auf den Flur raus und hab geschrien, ob er n Rad ab hat. Er brüllt zurück, ich solle das Maul halten, sonst würde er sich mich mal vornehmen.
Eine Stunde später kommt er zum Wecken in die Stuben, und es scheint ihm mächtig Spaß zu machen, dabei rumzubrüllen, dass einem die Ohren trillern. Wenn er schreiend reinkommt und du nicht sofort wach bist, tritt er mit seinen fetten Stiefeln an dein Bettgestell. Bei mir macht er das nur ein Mal. Ich springe sofort auf und schreie ihn an. Wenn du nicht in einer Sekunde verschwunden bist, mach ich aus dir Hackfleisch, ich schwörs dir.
Er geht. Auf dem Flur denkt er dann wohl, so läuft das nicht, ich bin hier der Chef, und kommt zurück. Als ich sehe, dass er wieder reinkommt, bin ich erst richtig auf 180. Greife mir nen Wecker vom Tisch und schmeiße den brüllend in seine Richtung. Der Alte ist vor Schreck rückwärts zur Tür rausgeprallt.
Er hat dann den Wachtrupp geholt. Die haben mir ne Knarre ins Gesicht gehalten und Handschellen angelegt, ganz theatralisch. Tätlichkeit gegen einen Vorgesetzten, ab in den Bunker.
Also wieder einundzwanzig Tage in diesem Loch. Nach meinem ersten Ausbruch sind die Regeln deutlich verschärft worden. Wegen Fluchtgefahr darf ich

nicht mehr in die Kantine und auch nicht mehr zum Hofgang raus. Das ist wie Isolationshaft, ich habe praktisch überhaupt keinen Kontakt mehr nach draußen. Nur noch zu den Wärtern. Die Zelle hat keine Toilette, so dass ich jedes Mal, wenn ich pissen will, nach den Wärtern klingeln muss.
Wenn man klingelt, kommen normalerweise zwei Wärter runter. Aber zu der Zeit läuft gerade die Fußballweltmeisterschaft, das Länderspiel BRD gegen DDR, da sitzen alle vorm Fernseher. Ich denke, vielleicht habe ich Glück und es kommt nur eine Person.
Es dauert ein bisschen, bis ein schlecht gelaunter Wärter auftaucht. Er ist tatsächlich alleine. Was ist denn. Ich muss mal pissen. Okay, aber beeil dich. Er schließt die Tür auf. Ich stürze mich auf ihn, geb ihm eins auf die Nase, schließe ihn in die Zelle ein und setze seine Mütze auf. Dann gehe ich direkt durch den Flur, am Büro vorbei, aus der Tür raus, gehe weiter, über den Kasernenhof, alles wie ausgestorben, nicht mal am Schlagbaum steht jemand, ich spaziere da einfach raus. Weg bin ich.
Ich bin nach Norderney gegangen. Da habe ich erstmal drei Monate als Koch gejobbt, die ganze Saison über. Hab das Leben genossen und es mir gut gehen lassen.
Als ich im Herbst mit der Fähre zurückkomme, stehen die Feldjäger am Kai. Ich denke nur, au weia, jetzt muss ich hier echt frech sein. Gehe direkt auf die Typen zu und spreche den Uffz an. Guten Tag, ich bin Matrose X, suchen Sie vielleicht den Matrosen Kujat. Ja, klar, den suchen wir. Mensch, ich hab gestern mit dem gesoffen, der hat mir erzählt, er will hier heute Nacht mit nem Schnellboot rüberkommen. Der Uffz ist begeistert, bedankt sich und stürmt ans Telefon. Ich gehe zum Bahnhof und setze mich in den Bus nach Aurich. Dort klettere ich über den Kasernenzaun und

gehe direkt zum Dienst habenden Offizier. Matrose Kujat, melde mich freiwillig zurück. Und den Arschlöchern in Norddeich könnt ihr sagen, das mit dem Schnellboot, das war wohl nichts.
Da haben sie mich gleich wieder eingesperrt, war ja nun klar. Einundzwanzig Tage.
Durch diese dauernden Knastgeschichten hatte ich in der Kaserne mittlerweile den Ruf, ein ganz Harter zu sein. Mit dem können sie machen, was sie wollen, dem geht das am Arsch vorbei, den kriegen sie nicht klein. Sonen Eindruck habe ich auch vermittelt, habe die Bestrafungen den Leuten gegenüber auch immer so dargestellt, nach dem Motto, das war doch nichts, die können mir doch nichts. Obwohl ich innerlich nur gedacht habe, oh Gott, bloß nicht wieder rein in diese Scheißkiste. Aber in solchen Situationen hast du ja keine Wahl. Auch wenn du absolut nicht willst, musst du nach außen diesen Macho erhalten, denn wenn sie deine Schwäche spüren, machen sie dich fertig, aber ohne Ende. Dann können sie der Truppe beweisen, sie haben gesiegt, mit ihren Unterwerfungsritualen.
Weil sie in meinem Fall einfach nicht so recht vorankamen, haben sie nach ungefähr einem Jahr den Antrag gestellt, mich unehrenhaft aus der Bundeswehr zu entlassen. Haben geschrieben, dass ich die Disziplin der Truppe gefährde und auch keine Besserung erwarten lasse.
Eines Tages holen sie mich ohne Anmeldung aus dem Bunker und bringen mich zum Abschnittskommandeur Nord, nach Wilhelmshaven. Ich werde in Handschellen angekarrt und in ein bombastisches, protziges Büro geschoben. Dann kommt son alter, knotiger Sack mit seinen Teilen auf der Brust anmarschiert, legt mir ganz vertraulich seine Hand auf die Schulter und sagt, Junge, erzähl mir doch mal, was für Probleme du mit unserer Bundeswehr hast. Ich antworte ganz spontan,

Weißt du, Papa. Weiter komme ich gar nicht, er explodiert ohne Verzögerung. So eine Frechheit. Kujat, Sie werden nicht vorzeitig entlassen, Sie werden Ihre Wehrpflicht bis zum letzten Tag bei uns abdienen, das verspreche ich Ihnen. Die Befragung ist beendet, schaffen Sie mir den Mann hier raus, sofort. Der ist echt durchgeknallt.
Leider kam es daraufhin nicht zu einer vorzeitigen Entlassung, und ich wurde zurück in den Bunker gebracht.
In Aurich hat man sich deshalb was Neues einfallen lassen und mich nach Ablauf der einundzwanzig Tage zur Fernmeldegruppe versetzt. Das sind die Jungs, die mit ner Kabeltrommel durch die Gegend rennen, kilometerweise Kabel eingraben und kleine Feldtelefone anschließen. Ein richtiger Idiotenjob. Wir haben den ganzen Tag Kabel verlegt, nur um am Abend dieses Telefon anzuschließen und den Offizier anzurufen. Melde gehorsamst, Verbindung steht. Dann durften wir alles wieder einpacken.
Ich habe schnell gemerkt, dass die Offiziere gar nicht richtig kontrollieren, was wir da machen. Beim nächsten Mal sind wir nur um die Ecke, in ein Waldstück, haben das Kabel abgeschnitten, die Trommel versteckt und sind in eine Kneipe gegangen. Abends sind wir dann, steif wie die Enten, in den Wald zurück, haben das Feldtelefon angeklemmt und Meldung gemacht. Das war kein Problem, die haben das nie überprüft. Aber als später die Nato-Übung kam, hatte unsere Truppe nur kaputte Kabeltrommeln und daher natürlich enorme Schwierigkeiten, Verbindung zwischen den Truppenteilen herzustellen.
Während dieser Nato-Übung sollten wir uns in der Nähe von Bremen in eine Postleitung einklinken. Die Post hatte die Leitung schon gelegt, aber wir, im Gelände, mal wieder bekifft wie die Säcke, haben ne

neue verlegt. Eigentlich sollten wir ja nur das Kabel anklemmen, dafür hatten wir nen offiziellen Auftrag.
Nachdem wir die neue Leitung verlegt haben, gehe ich zum Stationshaus. Ich komme rein und sehe sofort, da sitzen zwei Deppen. Die gucken mich an wie Dick und Doof. Ich zeige ihnen meine Bescheinigung und behaupte einfach, mit dem Relais sei was nicht in Ordnung. Ich kann denen alles erzählen, die machen alles mit, weil sie von nichts wissen. Sie haben ja den offiziellen Auftrag gesehen und strahlen nun eine vollkommene Ruhe aus, nach dem Motto, der Typ weiß genau, was er da macht.
Ich gehe an die Relaisstation, das ist noch son altes Stellwerk, klappert überall. Dort fang ich an, wie wild rumzuschrauben. Nach ein paar Minuten ist das einzige, was noch funktioniert, die Leitung, die wir am Vormittag verlegt haben. Sonst geht nichts mehr, alles tot. Ich sage zu den beiden Typen, okay, alles in Ordnung. Zeige ihnen zum Beweis, wie gut unsere Leitung jetzt funktioniert. Die haben sich sogar noch bei mir bedankt, die Idioten.
Gerade bei diesen Übungen ist es den Offizieren sehr schwer gefallen zu kontrollieren, wer da gerade wo was macht, da wurde man selten erwischt. In anderen Fällen hatte ich weniger Glück. Einmal habe ich mit nem Kollegen den Saufkeller der Offiziere unter Wasser gesetzt, aber er hat Schnaps mitgehen lassen und konnte die Schnauze nicht halten. Nachdem sie ihn eingesackt hatten, hat er mich verpfiffen.
Diese Aktion hat offensichtlich den Korpsgeist der Offiziere geweckt. Die haben sich zusammengerottet, mich unter einem Vorwand aus der Stube geholt und mit der ganzen Meute verprügelt. Wollten mich unter die Dusche zerren und dann, wenn die Haut vom warmen Wasser so richtig aufgeschwemmt ist, mit Schuhwichse einreiben, das war eine der soldatischen Stra-

fen, die sie draufhatten. Das Zeug hält sich wochenlang unter der Haut. Dazu ist es aber nicht gekommen, weil ich mich wie n Stier gewehrt habe, so dass das für die auch nicht ohne Risiko gewesen wäre.
Danach haben sie mich direkt in den Bunker gebracht. Einundzwanzig Tage, wegen Sabotage. Lächerlich.
Als ich wieder rauskam, haben sie mich noch weiter isoliert. Mein neuer Einsatzort wurde der Kabelkeller. Also das war n Riesenkeller, in dem lagen Kabel aller Art, Reststücke, zwischen einem und fünfzig Meter lang, das waren tausende Kilometer zerschnippeltes und verhippeltes Kabel, alles verknotet in einem einzigen, riesigen Knäuel. Ein unglaublicher Anblick. Und dann sagen die zu mir, Kujat, fangen Sie an, das zu sortieren. Toller Job. Ich hab nur gedacht, wenn man das ernst nimmt, wird man verrückt, keine Frage. Von da ab musste ich regelmäßig im Keller arbeiten. Aber es war denen eigentlich scheißegal, ob ich tatsächlich arbeitete, es ging darum, mich irgendwo abzustellen, von den anderen Soldaten fernzuhalten, damit sie nicht von meinem Widerstand angesteckt werden.
Aber ich habe natürlich jeden Vorwand genutzt, den Keller zu verlassen. Dadurch hat sich letztlich wenig geändert. Hab mir auch weiterhin gelegentlich n Wochenende frei genommen und bin nach Norderney gefahren. Aber dann am Sonntagnachmittag wieder zurückzufahren, das war echt hart. Du weißt ja, in der Kaserne ist nichts los, absolut tote Hose, aber auf der Insel tobt das Leben, da ist High Life. Da gehts echt schnell, erstmal noch n Tag zu bleiben. Und noch einen. Ist mir öfter passiert, dass ich unten am Hafen stand, hatte schon das Ticket, und hab mir gedacht, warum soll ich da jetzt rüberfahren. Bin dann immer mal wieder n paar Tage geblieben, auch mal ne Woche, das kannten die mittlerweile.

Ein paar Wochen vor Ablauf der regulären Wehrdienstzeit sitze ich eines Abends zusammen mit Buckel, nem Kollegen, in der Kantine. Gähnende Langeweile, wie immer in diesem Scheißhaufen. Irgendwann, wir waren schon voll wie die Haubitzen, haben wir die Idee. Jetzt nach Emden fahren und aufn Putz hauen. Nur leider ist keiner da, der uns hinfährt. Blöde Sache. Wir steigern uns da richtig rein. Lass uns doch nen LKW nehmen. Nach der nächsten Flasche glauben wir tatsächlich, das durchziehen zu können.
Also wie machen wir das. Wir brauchen nen Fahrbefehl, sonst kommen wir nicht raus aus der Kaserne. In der Wachstube liegen immer vorunterzeichnete Formulare, in die man nur noch den Zielort eintragen muss. Also gehen wir zur Wache. Ich laber den Typen voll, so dass er abgelenkt ist, während Buckel von hinten sonen Blankoschein rausholt. Da tragen wir dann Emden ein. Gehen nach hinten zum Parkplatz und machen einen LKW auf. Die Dinger kannst du mit Stielkamm und Löffel kurzschließen, das ist überhaupt kein Problem. Stiel unten rein, Löffel oben ins Zündschloss, schon fliegt die Maschine an. Los gehts.
Ich fahre sturzbesoffen nach vorne zum Schlagbaum und gebe den Schein rüber. Die Wache guckt kaum hin und gibt mir den Zettel zurück. Der Typ kann mich nicht erkennen, denn es ist ziemlich düster oben auf dem LKW, aber in diesem Augenblick sieht er, dass ich weiße Matrosenkleidung trage. Nachts, beim Rausfahren, weiße Takelage anhaben, also das gibts nicht. Er sagt auch gleich, zeigen Sie mir doch noch mal den Fahrbefehl. Ich denke nur, Scheiße. Also noch hat er meine Visage nicht gesehen, ganz klar, da bleibt nur eins, gib Gas, Alter, gib Stoff. Ich trete das Pedal durch, wir rasen durch das Tor aus der Kaserne, und ich höre noch, wie die Wache anfängt zu schießen. Dabei wird ein Reifen getroffen, ich verliere mitten auf

der Allee die Kontrolle und wir knallen auf nen Kastanienbaum. Totalschaden.
Buckel rennt sofort los, in den Wald, die Wachsoldaten hinter ihm her. Ich schmeiß den Fahrbefehl in den Gulli und versuche, mich ganz locker wieder in die Kaserne zu schleichen. Aber als ich dort ankomme, werde ich gesehen. Kujat, ich fress n Besen, wenn Sie nicht dabei waren. Da bin ich doch wieder einundzwanzig Tage eingefahren. Sie konnten zwar nicht beweisen, wer gefahren war, aber den Schaden mussten wir später trotzdem bezahlen, neunzehntausendachthundertsechzig Mark pro Nase.
Also diese Geschichten ergaben sich nicht aus dem Vorsatz, ich mach das jetzt so und so. Die passierten einfach, weil ich diese Unfreiheit nicht akzeptieren wollte. Und wenn ich besoffen war, habe ich gar nicht an die Folgen gedacht. Überhaupt nicht. Ich wollte mit dem LKW nach Emden, und das wars. In anderen Fällen bin ich in solche Situationen reingestolpert, ohne es so richtig zu merken, bis ich mich schließlich gefragt habe, Moment mal, was passiert hier eigentlich.
Das mit dem LKW war praktisch die letzte Aktion, die in meiner regulären Wehrdienstzeit ablief. Ich musste ja noch mehrere Monate nachdienen, aber in dieser Zeit haben die mich total isoliert, da hatte ich keinen Kontakt mehr mit anderen Soldaten, brauchte auch nichts mehr zu tun, war egal. Hauptsache, es passiert nichts.
Die waren dann am Tag meiner Entlassung genauso froh wie ich.

## Die Gewerkschaftsstory

Wer in Ostfriesland n bisschen Geld verdienen will, fängt früher oder später bei VW in Emden an. Ist ja klar. Die zahlen die besten Löhne, für Dösbaddelarbeit.
Es war damals leicht, bei VW angestellt zu werden. Eine Untersuchung durch den Betriebsarzt, danach n Gespräch beim Personalchef, das ging zackzack. Der wollte eigentlich nur wissen, ob ich verheiratet bin, Familie habe und so. Am liebsten wäre ihm gewesen, wenn ich n Haus gebaut hätte. Dann wäre klar gewesen, der Typ ist brauchbar, der bleibt lange, denn er ist ja schon angebaggert.
Anschließend gings rüber zum Betriebsrat, die haben mich vollgelabert, dass sie ja bei der Personalpolitik mitreden dürften, und wie wichtig es wäre, dass alle Kollegen in der IG Metall sind. Damit haben sie mich ziemlich überrollt, und ich habe unterschrieben.
Einen Tag später war ich eingestellt.
Die hatten mich während der ärztlichen Untersuchung offensichtlich als körperlich belastbar eingestuft. Jedenfalls werde ich dem Rohbau zugewiesen. Diese Abteilung steht ganz am Anfang des Fließbandablaufes, da wird die Karosserie zusammengesetzt. Das ist was für Leute, die n gutes Kreuz haben, Gewichte stemmen können. Mein erster Job dort ist nicht direkt am Band, sondern am so genannten Karussell, wo die Vorderteile für den Golf zusammengebaut werden. Dieses Ding heißt Karussell, weil es sich laufend um sich selbst dreht. Darauf stehen etwa zwanzig Leute, die ständig in die Runde fahren, von einem Chassis zum nächsten gehen und dabei jeweils ein bestimmtes Teil anschweißen. Punktschweißen nennt man das. Obwohl das ja schon ne heftige Arbeit ist, ist das noch einer

der besseren Jobs, die man erst bekommt, wenn man schon länger dabei ist.

Son Vorderteil wiegt mindestens zweieinhalb Zentner. Mein erster Job besteht nun darin, mit nem Kollegen zusammen die fertigen Teile aus der Halterung zu heben, wo sie zusammengeschweißt werden, sie dann über das Karussell zu wuchten und zum Fließband zu schleppen. Dort müssen wir die Dinger in eine Metallgabel in knapp zwei Meter Höhe einhängen. Danach geht das Ganze von vorne los, das nächste Teil, dreihundertachtundsechzig Stück pro Schicht. Das ist der Takt. Dreihundertachtundsechzig Mal raushebeln, rübertragen und einhängen, während das alles weiterläuft, da darf ja kein Stopp, keine Unterbrechung drin sein, weil sich jede Verzögerung auf alle folgenden Arbeitsabläufe auswirkt. Das ist körperliche Schwerstarbeit, richtige Knüppelarbeit, ich hab geackert wie son Blöder.

Die Kollegen, die das schon länger machten, waren von der harten Arbeit teilweise schon etwas angeschlagen. Sie waren zwar überwiegend ganz in Ordnung, aber auch nicht gerade die geistigen Höhenflieger. Ist ja logisch. Die kommen da seit Jahren, teilweise Jahrzehnten jeden Tag hin und sagen sich, ich muss hier meinen Job machen, ich muss das durchziehen, ich muss hier dreihundertachtundsechzig Mal Punktschweißen oder sowas. Der eine säuft mehr als der andere, aber saufen tun sie alle, das lässt sich gar nicht vermeiden. Also ich fange auch innerhalb kürzester Zeit an, regelmäßig Alkohol einzufahren. Im Werk herrscht ja eigentlich strengstes Alkoholverbot, aber jede Abteilung hat ihre heimlichen Zapfstellen, n Lager, in das alle kistenweise Schnaps einschmuggeln. Und wenn Pause ist, kann man plötzlich ne Riesenschlange am Magazin langlaufen sehen, alles Leute, die sich ihren Becher voll machen lassen.

Schlimmer als die Anstrengung ist nur die Monotonie. Damit das nicht alles so unendlich langweilig ist, wird ständig irgendwelcher Blödsinn gemacht. Zum Beispiel wenn der Meister kommt. Der fährt immer mit nem Fahrrad durch die Werkshalle. Wenn er in unserer Abteilung ankommt, stellt er sein Rad ab und geht zum Vorarbeiter in die Bude. Während er da drin ist, geht ein Kollege rüber und schweißt das Rad an einen Stahlträger. Als der Meister aus der Bude rauskommt und auf sein Fahrrad steigen will, dreht er völlig ab. Darüber haben sich alle gefreut, wie kleine Kinder.
Wir haben nen Kollegen am Band, der alle nervt, ne Schnauze für zehn, aber das Hirn eines Spatzen. Der fällt allen auf den Wecker mit seinem ununterbrochenen Bildzeitungsgequatsche. Eines Tages gehen drei Kollegen rüber, schnappen ihn und hängen ihn dort, wo wir unsere Chassis am Band einhängen, an seinen ledernen Hosengurten auf. Danach läuft der Kerl kilometerlang unter der Hallendecke durch, bei dem Lärm hört den keiner. Der hat zum Schluss Eier gehabt wie son Wüstenbüffel.
Nicht alle Scherze endeten so harmlos. Also wenn du auf sonem Karussel stehst und Schweißarbeiten ausführst, hast du ja Helm und Schutzbrille auf, trägst Arbeitskleidung aus Leder und Stiefel mit Stahlkappen, siehst aus wie ein Idiot. Die Arbeit kannst du eigentlich nur machen, wenn du den Schädel abstellst, deine Punkte fixierst und dir sagst, ich ziehe das jetzt acht Stunden durch. Son starrer Blick, kriegst nichts mehr mit, bist weg. Da ist es nicht mehr so schwer, sich anzuschleichen und deine Stahlkappen am Boden festzuschweißen. Wenn du jetzt das nächste Mal umtreten willst, bleibt dein Stiefel hängen, und bevor du weißt, was los ist, zersplitterst du dir durch deine eigene Bewegung den Knöchel. Das ist mehreren Kollegen so passiert.

Ich hab nach ein paar Wochen gedacht, das darf nicht wahr sein, das macht mich fertig, ich schaff das nicht, ohne zu verblöden. Hab mich erstmal krankschreiben lassen. Drei Mal hintereinander. Daraufhin hat die Abteilungsleitung gedroht, mich zu entlassen, und ich bin wieder zur Arbeit gegangen.
Aber schon ein paar Tage später stand für mich fest, es geht nicht. Also hab ich mir überlegt, wie kann ich mich krankschreiben lassen, ohne dass die mir auf den Wecker fallen. Klar, das geht nur bei nem Arbeitsunfall, denn das ist etwas, das nicht passieren darf. Die haben ja Arbeitssicherheitsbeauftragte, da wird sehr scharf darauf geachtet, dass sich niemand verletzt.
Ich hab mir dann mal die Halterungen auf dem Karussell genauer angesehen und festgestellt, dass die zwar durch Knopfdruck geöffnet, aber durch ne Lichtschranke geschlossen werden. Nun habe ich n Stück weiches Holz genommen und ausprobiert, was damit passiert, wenn ich das zwischen die Halterungszangen halte. Da war danach nur ne leichte Druckstelle zu sehen. Ich hab mir gedacht, das ist es doch, da halte ich meinen Ellbogen rein.
Das habe ich dann durchgezogen. Wie üblich schleppe ich seit Stunden mit dem Kollegen die Vorderteile zum Fließband. Irgendwann halte ich beim Anheben meinen Ellbogen in die geöffnete Halterung und löse damit die Lichtschranke aus. Als ich den Druck spüre, drücke ich den Knopf, die Halterung löst sich und gibt meinen Ellbogen wieder frei. Ich fange dann an, wie ein Irrer zu brüllen, das tut natürlich auch weh. Die haben mich sofort ins Krankenhaus gefahren und untersuchen lassen. Eine schwere Quetschung, hieß es dort, die hat noch n paar Tage weh getan, aber ich war immerhin für acht Wochen krankgeschrieben.
Auch diese Zeit war natürlich schnell vorbei. Bei meiner Rückkehr habe ich mich leidend gestellt. Der Ell-

bogen, das schwere Tragen, das ginge nicht mehr. Ich hab gedacht, dann krieg ich einen leichteren Job. Aber wo lande ich? Unterm Fließband!
Unterm Band ist das so: Du liegst auf dem Rücken, hast nen Wagen auf Rollen unter dir, Schweißerklamotten an und ein Schweißgerät in der Hand. Die Rohbaufahrzeuge fahren direkt über dich weg, und du musst bestimmte Stellen anschweißen, zum Beispiel wo das Auspuffrohr hinkommt. Auch wieder dreihundertachtundsechzig Fahrzeuge, du liegst acht Stunden unter diesem Ding auf dem Rücken und schweißt mit ausgestreckten Armen deine Punkte. Eine Höllenarbeit, das macht dich richtig platt.
Das hab ich auch nur drei Monate ausgehalten, dann war ich an dem Punkt, also entweder ich kündige, oder ich werde bekloppt. Ich hab immer mal wieder den Notschalter reingehauen, damit mal für fünf Minuten Ruhe war, aber dabei durften mich die eigenen Kollegen nicht sehen, die hätten mich verpfiffen. Die Jungs unterm Band, die waren voll drauf, Kinder und Hausbau, für die wars Ehrensache, die Scheiße durchzuziehen. Waren sogar noch ehrgeizig, diese Idioten, nach dem Motto, wir können noch schneller, an uns liegts nicht. Einige von denen hatten schon den VW-Käfer gebaut, waren seit zwanzig Jahren im Betrieb und hatten die ganze Zeit nichts anderes gemacht. Nur Punktschweißen unterm Band.
Eines Tages hat ein Kollege Geburtstag und bringt ne Kiste Weinbrand mit, die wir mit sechs, acht Leuten leer machen. Kann man sich vorstellen, was da los ist. Also die letzten hundertfünfzig Fahrzeuge passiert bei uns nicht mehr viel, da liegen wir nur noch lallend unterm Band. Das hat natürlich zur Folge, dass es zu erheblichen Störungen im Arbeitsablauf kommt. Bei der Zwischenkontrolle werden alle Autos als fehlerhaft gekennzeichnet und vom Band genommen. Da-

durch fehlen überall die Fahrzeuge, während in der kleinen Reparaturstelle das totale Chaos ausbricht. In dieser Abteilung sind nur drei, vier Leute, für gelegentliche Reparaturen, aber jetzt kommen da auf einmal alle Autos vom Band runter, die Leute sind voll im Stress. Aber wir liegen unterm Band, uns ist das sowas von egal, wir sind so lalli, wir können kaum noch die Schweißgeräte halten.
Dann kommt der Meister und brüllt uns von oben an. Wenn man unter dem Band liegt, sieht man ja nur die Beine. Kollege Siemens fasst ihm an die Wade und sagt, ich könnte schwören, dass das, was ich gerade anfasse, mein Meister ist. Auf einmal siehst du den Kopf des Meisters runtertauchen, und er brüllt, wenn ihr Drecksäcke nicht in einer Minute hervorkommt, dann hole ich den Werkschutz, ihr besoffenen Arschlöcher. Klar, er steht jetzt selbst vor nem Anschiss und ist dementsprechend sauer. Er hat uns dann nach Hause geschickt, wir waren so besoffen, dass wir kaum noch aus dem Werk gefunden haben. Einer ist oben im Spind liegen geblieben, so blau war der, den musste der Werkschutz nach Hause fahren.
Der Meister hat dann den Abteilungsleiter informiert. Der ist total ausgerastet. Hat uns am nächsten Morgen zu sich bestellt und losgebrüllt, sobald wir sein Büro betreten haben. Also was da gestern vorgefallen ist, das ist ja ungeheuerlich, das geht nicht, Sie haben gegen Ihre Sorgfaltspflicht verstoßen, Sie werden alle entlassen. Er hat uns vorgerechnet, was wir für nen Schaden verursacht hätten, ich weiß nicht, wie viele hunderttausend Mark das waren, das geht ja ruckzuck. War jedenfalls richtig teuer. Die Kollegen sind von dieser Standpauke völlig eingeschüchtert.
Aber bei solchen Disziplinierungsgesprächen muss ja der Betriebsrat dabei sein. Der Betriebsrat für die Abteilung Rohbau ist Ewald Uden, ein älterer Arbeiter,

sieht echt link aus, hat ne total verschlagene Visage. Er spricht eigentlich immer platt, außer in seiner Tätigkeit als Betriebsrat, da meint er, Hochdeutsch sprechen zu müssen, obwohl alle nur denken, prok man beter platt, Ewald.
Er fängt dann an. Sie wissen ja, dass das ne Arbeit ist, wo wir schon lange drüber diskutieren tun, weil die Taktzeiten überprüft werden müssen, die Kollegen sind einfach überfordert. Der Abteilungsleiter unterbricht ihn und legt sofort wieder los. Also das hat überhaupt nichts damit zu tun, dass die da sturzbesoffen rumliegen, das ist was ganz anderes, das reicht für ne fristlose Kündigung. Das geht zwischen den beiden eine Weile hin und her, bis der Betriebsrat schließlich sagt, also, Chef, dann müssen wir wohl doch n Taktzähler holen, der den Arbeitsablauf unterm Band noch einmal untersuchen tut. In dem Moment wissen alle, auch der Abteilungsleiter: Wenn es dazu kommt, wechselt Uden am Tag der Überprüfung das Personal aus und setzt da Leute hin, die das noch nie gemacht haben, die dann höchstens zweihundert Fahrzeuge schaffen.
Der Abteilungsleiter springt auf und brüllt nur noch, das ist Erpressung, das ist Erpressung. Nach ner Weile lenkt er aber doch ein, besteht allerdings auf einer Strafversetzung. Das ist der Kompromiss, wir werden alle in die Montagehalle versetzt.
Wenn ich geahnt hätte, was da auf mich zukommt, wäre ich mit der Versetzung nicht einverstanden gewesen. Die Montagehalle ist wirklich der letzte Rang, da brauchst du weder handwerkliche noch sonst irgendwelche Fähigkeiten. Schrauben festdrehen, Kleber auftragen, Radkappen anbringen, son Scheiß. Außerdem gibts drei Mark weniger die Stunde, das ist schon hart.
In der Montagehalle stehen alle direkt am Band. Ich habe die Aufgabe, Außenspiegel anzumontieren und

Dichtungsleisten in den Türen anzubringen. Idiotenarbeit, richtige Fummelkacke. Auf diesem Niveau bewegen sich auch die übrigen Arbeiten in der Abteilung, das hat natürlich auf die Arbeiter abgefärbt. Mach das mal über Jahre. Also ein Typ hat zum Beispiel zwanzig Jahre lang nichts anderes gemacht, als die Bremsflüssigkeit bei Käfer und Golf einzufüllen. Immer dasselbe. Bremsflüssigkeitsbehälter aufschrauben, Zeug reinkippen, zuschrauben und unten entlüften. Dreihundertachtundsechzig Mal pro Tag, und das zwanzig Jahre lang, der konnte mittlerweile gar nichts anderes mehr. Die haben irgendwann versucht, ihm ne andere Arbeit zu geben, aber es war zu spät, das ging nicht mehr, hat er nicht mehr gepackt. Oder Fritz, ein ähnlicher Fall, dem musste man jeden Tag zeigen, wo sein Spind steht. Sonst hat er halt irgendeinen Spind genommen und aufgebrochen, scheißegal. Dem ist es sogar passiert, dass er eine ganze Nacht im VW-Werk geblieben ist, weil er sich verlaufen hatte.

Um nicht völlig bescheuert zu werden, haben wir versucht, uns die Zeit zu vertreiben. Im Rohbaubereich, da bestand die Spaßebene ja darin, nen Kollegen anzuschweißen, am Fließband aufzuhängen oder sowas, aber in der Montagehalle ging das noch mal ne Ebene schärfer ab. An der Reifenmontage waren zwei Leute beschäftigt. Der eine war n total langer Lulatsch mit dem Spitznamen Banane. Seine Aufgabe war es, mit ner Maschine die Räder anzuschrauben. Der andere war son Typ von zwei Zentnern, der hat die Radkappen aufgesetzt. Er wurde von allen nur Schrubenfreter genannt, weil er Schrauben gefressen hat. Genauso hat er beispielsweise auf Grund einer Wette Wagenfett aufs Brot geschmiert, so richtig fingerdick drauf, und hat das gefressen.

Wenn er von den anderen aus Langeweile gereizt wird, muss Schrubenfreter sich immer beweisen. Das wird

natürlich reichlich ausgenutzt. Irgendwann geht einer zu ihm rüber und sagt, du, Schrubenfreter, pass mal auf, Erwin hat in der Pause einen Grassoden mitgebracht von draußen. Wir haben gerade um ein Bier gewettet, ob du den wohl frisst. Darauf ruft ein anderer vom Band runter, dat lööf ick noit nich, dat hej dat freten deit. Ein Dritter meint, ick heb fief Mark daför geben, dat du dat freten deist, Schrubenfreter. Also das gegenseitige Anstichlen geht los, das ist wie beim Skat.
Schrubenfreter ist bei der Arbeit, setzt seine Radkappen auf und hört genauestens zu. Er tut so, als wenn gar nichts wäre, aber alle wissen, Schrubenfreter bebt innerlich und muss sich jetzt gleich beweisen. Auf einmal schmeißt er seine Handschuhe auf den Boden, springt aufs Band und schreit, ick fret all, wat ji mi bringen! Sofort haut irgendeiner den Notschalter rein, damit alle zugucken können. Daraufhin nimmt Schrubenfreter den Grassoden, fixiert das Teil kurz und beißt dann rein, frißt das ganze Teil auf. Danach schüttelt er sich und sagt, dat is doch kien Arbeit, und geht wieder zu seinen Radkappen.
Banane hat seine Auftritte bei anderen Gelegenheiten, zum Beispiel bei den Werksführungen. Es werden ja laufend Besuchergruppen an unserem Band langgeführt, von morgens bis abends werden da Leute durchgeschleust, die sich das Werk anglotzen. Durch den Zaun, der unseren Arbeitsbereich abgrenzt, fühlen wir uns dabei wie im Zoo. Wenn wir ne Gruppe kommen sehen, wird in aller Eile ein Schild gemalt, Bitte nicht füttern, und an den Zaun gehängt. Banane rennt vorne zum Gitter und fängt an, wie son Schimpanse vor denen rumzuspringen und Affenlaute von sich zu geben. Währenddessen geht Schrubenfreter mit ner Dose am Zaun lang und sagt, eine Spende für den Affen, bitte, eine kleine Spende. Manchmal lau-

fen wir auch alle auf dem Band lang wie die Affen, uh, uh, uh, und winken.

Unser Spielchen hat den Werksführern überhaupt nicht gepasst. Die haben sich fürchterlich beschwert, das Ansehen und der Ruf des VW-Werks seien angegriffen und so. Wir bekamen dann die Anweisung, das zu unterlassen. Wir haben zwar eingelenkt, waren aber ziemlich sauer auf diese blöden Werksführer, die uns den Spaß verdorben hatten.

Eine Woche später kommt es zu einem anderen Zwischenfall. Banane meint, er müsse pissen gehen, dringend, er bräuchte nen Springer, das heißt ne Ablösung. Aber der Springer kommt und kommt nicht. Der Meister versucht, ihn zu beschwichtigen, er solle durchhalten und so. Banane fängt dann irgendwann an, zu fluchen und zu schimpfen. Schließlich brüllt er den Meister an. Wenn jetzt nicht gleich ein Springer kommt, hau ich ab, ich muss pissen, verdammt.

In diesem Augenblick kommt ne Besuchergruppe. Der Werksführer hört Bananes Gebrüll und meint nun, dazu müsse er was sagen. Bitte mäßigen Sie doch Ihre Ausdrucksweise. Banane guckt ihn an, guckt die Besucher an, reißt seine Hose runter und pisst direkt von oben, vom Band, runter auf den Werksführer und brüllt, mit einem strahlenden Lächeln, ick mut arbeiten as n Peerd, denn kann ick mi ook benehmen as n Peerd.

Die haben Banane noch am selben Tag fristlos entlassen. Wir haben natürlich gesagt, Banane bleibt hier. Er hat Recht gehabt, dem ist einfach der Geduldsfaden gerissen. Also erst wird er ewig hingehalten, und dann kommt noch einer, der damit nun gar nichts zu tun hat, und will ihm erzählen, er solle seine Worte mäßigen. Daraufhin ist Banane eben durchgedreht. Wir haben den Betriebsrat aufgefordert, also wir würden das nicht mitmachen, wir würden streiken, wenn

Banane entlassen wird. Aber der Betriebsrat wollte da nicht so richtig ran.

Wir sind in unseren Abteilungsbereich zurückgegangen, haben den Stoppschalter reingehauen, uns neben das Band gesetzt und gesagt: So. Und jetzt reden wir über Banane. Ein paar Minuten später kam der Betriebsrat und wollte uns überreden, das Band wieder laufen zu lassen. Aber wir sind stur geblieben. Schließlich hat er den Notschalter wieder abgestellt, nach dem Motto, los jetzt, weiterarbeiten. Da sind wir richtig sauer geworden. Schrubenfreter ist zu ihm rüber und hat ihm eine geballert, aber richtig. Danach hat er sich davongemacht.

Wir hatten ja keine Ahnung, was ein Streik ist, ein wilder Streik sogar noch. Nach und nach kam ja das ganze Werk zum Stillstand. Dann kam auch schon der Abteilungsleiter und meinte, er könne keine Kündigung rückgängig machen. Ist uns doch egal, hier läuft nichts weiter, Banane kommt wieder, ganz klar.

Er rauscht dann wieder ab. Danach beginnt nun die allgemeine Unsicherheit. Die Betriebsräte und Vertrauensleute sind ja oft genug Angsthasen, und die erzählen uns jetzt, Jungs, macht keine Scheiße, sonst fliegt ihr raus, das ist nicht abgesprochen, wer soll das nachher vertreten undsoweiter. Wir lachen die aus, haben ja alle keine Ahnung, dass der Produktionsausfall so viel Geld kostet, ist uns auch egal, ist ja nicht unser Geld.

Wir warten. Um die Zeit totzuschlagen, muss Schrubenfreter mal wieder zum Einsatz kommen. Also was hat er noch nicht gefressen. Irgendwann kommt einer drauf. N Frosch hat er noch nicht gefressen. Oh ja, geil. Daraufhin rennen ein paar Leute aus der Werkshalle und sammeln Frösche. Nach ihrer Rückkehr wird der größte Frosch ausgesucht, der war schon ganz ordentlich, etwa faustgroß.

Schrubenfreter steht die ganze Zeit bewegungslos da, die Arme verschränkt, ein Grinsen im Gesicht, das ist seine Show. Ich fresse alles. Schließlich kommt die Aufforderung. Schrubenfreter, friss. Er langt in den Eimer und holt den zappelnden Frosch raus. Legt den Kopf in den Nacken, wie bei nem holländischen Salzhering, und frisst den Frosch. Oben gucken noch die Beine raus, aber er schluckt schon durch. Beißt nicht rein, schluckt so durch. Dann schaut er triumphierend in die Runde und dröhnt, noch jemand n Problem.
Irgendwann kam der Abteilungsleiter wieder und berichtete, dass der Betriebsrat und die Geschäftsleitung am nächsten Tag noch einmal zusammentreten würden, um über den Fall nachzudenken, und wir sollten doch solange wieder die Arbeit aufnehmen. Das wurde gemacht. Damit war der Streik gebrochen, denn am nächsten Tag war die Stimmung natürlich vorbei. Banane ist nicht wieder eingestellt worden.
Ein paar Wochen nach diesem Zwischenfall hörte ich, dass im Werk Fahrer gesucht werden. In Emden wird ja viel für den Export produziert, da werden außerdem noch die ganzen Audis aus Ingolstadt verladen, also die brauchen eigentlich immer Fahrer. Das war ne begehrte Abteilung, da kamen fast nur Fahrlehrer rein. Als ich von dieser Ausschreibung hörte, ist mir mein Abschlusszeugnis von der Bundeswehr eingefallen, denn da stand unter anderem drin, dass ich ne Fahrtätigkeit ausgeübt hatte. Ich hab den Wisch rausgesucht, ne Tätigkeit als Fahrlehrer eingetragen und das Teil auf gut Glück abgegeben.
Drei Wochen später musste ich zur Fahrprüfung, das war kein Problem. Dann erhielt ich die Mitteilung. Kujat, ab nächste Woche sind Sie in der Versandabteilung, bei den Fahrern.
In dieser Abteilung bestand jede Einheit aus acht Fahrern und einem Bulli. Wir haben Neufahrzeuge verla-

den. Dazu sind wir mit dem Bulli auf den Parkplatz vorgefahren, in die Autos eingestiegen und über die Brücke zum Außenhafen gefahren. Dort mussten wir auf riesigen Überseefrachtern einparken, Hochhausschiffe haben wir die genannt, da gingen jeweils mehrere tausend Autos drauf, in etlichen Stockwerken, wie in einem Parkhaus. Oft mussten wir auch die Neuwagen vom Ablaufband einparken.
Da die meisten Tätigkeiten in festen Achtergruppen abliefen, hat man die Kollegen schnell kennen gelernt. Vorne am Steuer saß der Gruppenführer, n fetter, aufgequollener Kettenraucher, der saß nur hinter dem Lenkrad, brauchte den ganzen Tag nicht aussteigen und bewegte sich daher eigentlich überhaupt nicht. Neben ihm hockte der Beifahrer, der hat die richtigen Autos rausgesucht und angesagt. Wagen einhundertvierundachtzig, Reihe vier, hinten links. Das war Hollander, n ganz einfacher Typ, vom Fehn, aber bauernschlau.
Dann die Fahrer. Hettinga war n schriller, hektischer Typ, der eigentlich nur gelacht hat, dem war irgendwie alles scheißegal. Kurt war wie n dickes Riesenbaby. Konnte kaum nen zusammenhängenden Satz sprechen, der Schloof, war gutmütig ohne Ende, aber total naiv. Konnetzke war son kleiner Kerl, der immer glaubte, er wäre der Beste. Sein Traum war es, irgendwann selber sonen Bulli zu fahren und Chef über sechs Fahrer zu sein. Theo war n ehemaliger Loggerfischer, der hatte Heringe gefangen, bis sich das nicht mehr lohnte. Jetzt war er seit fünfzehn Jahren bei VW und redete immer noch über Fischfang. Außerdem gabs noch de Buhr, der hat eigentlich nie irgendetwas gesagt, selbst wenn man ihn direkt ansprach, hat er nur selten geantwortet, war schon komisch.
Wir sitzen im Bulli, haben Pause. Ich frage, ob man das wohl schafft, auf dem Bauch unter dem Fahrzeug

durchzukriechen. Hettinga meint sofort, das mache ich ohne weiteres, kein Problem, Alfons, kein Problem. Okay, dann zeig mal. Klar, das mach ich, das mach ich. Lacht sich tot und krabbelt locker unter dem Bulli durch. Danach ist Schweigen. Dann fängt Hollander an. Was meinst du, Alfons, ob Kurt da unten auch durchkommt. Nee, sag ich, glaub ich nicht. Ja, aber Kurt hat Muskeln, das ist kein Fett, und mit Muskeln kommst du unter dem Auto durch, kein Problem. Nee, sag ich, ich glaub das nicht. Während wir so reden, pumpt sich Kurt auf, nach dem Motto, ich kann das.
Zwischendurch greift der Gruppenführer ein. Nun hört mal auf mit dem Blödsinn. Wenn jetzt über Funk was kommt, müssen wir sofort eingreifen. Nicht, dass das hier Ärger gibt. Wir haben gesagt, Mensch, Alter, reg dich nicht auf, wir wollen ja nur wissen, ob Kurt das schafft, dazu müssen wir nur kurz aussteigen, das ist schnell vorbei. Kurt meint immer noch, ich schaffe das. Also um was wollen wir wetten. Um ne Currywurst, ist ja klar, als Fahrer darfst du ja nichts trinken, da gehts immer um Currywurst, das ist die Währungseinheit. Okay, von jedem ne Currywurst, aber wenn du es nicht schaffst, musst du jedem ne Currywurst ausgeben. Ja, sagt Kurt, ist gut, mach ich.
Wir steigen alle aus. Kurt duckt sich und klettert unter das Fahrzeug. Als er drunter liegt, ruft Hettinga, und nu rin. Wir springen alle in den Bulli, und Kurt sitzt unten drunter fest, der sitzt sowas von fest, da geht nichts mehr, nicht vor und nicht zurück. Wir rufen aus den Fenstern, Mensch Kurt, das sind doch alles Muskeln, das musst du doch schaffen. Er nur, schnaufend, ick kom doa neit döör. Ach, bloß noch n paar Zentimeter, das schaffst du. Schließlich gibt Kurt auf. Okay, ne Currywurst für jeden, dann helfen wir dir. Ja, meint er, ist gut, Currywurst für jeden.

Es ging auch in der Versandabteilung meistens nur darum, sich die Langeweile zu vertreiben. Insbesondere, wenn wir am Ablaufband eingesetzt waren. Da mussten wir die Neuwagen, die vom Band kamen, in eine Parkreihe einordnen und dann zu Fuß wieder zur Halle zurücklaufen, das waren, je nach Stellplatz, zwischen zwei- und fünfhundert Meter.
Also acht Stunden Ablaufband war die Hölle. Einerseits gibts dauernd Unterbrechungen, man steht rum und langweilt sich, andererseits muss man aber ständig da sein, weil dieses Scheißband ja irgendwann wieder läuft.
Hollander, Hettinga und ich stehen mit Konnetzke am Band. Der will ja immer den Boss spielen. Rennt laufend zum Chef und sagt, die anderen können doch nichts, nehmen Sie mich. Das war seine Methode. N Arschloch, n richtiger Kriecher, geht mir voll auf die Eier.
Also wir stehen am Band, und ich sage, Leute, ich fahr den Wagen jetzt nicht, der da kommt. Konnetzke geht sofort ab. Eh, das ist dein Job, du bist dran, das ist dein Auto, das muss jetzt runter, sonst bleibt das ganze Band stehen, das geht doch nicht. Ich sag, ist mir egal, Konnetzke, ich steig da nicht ein, kein Bock. Hollander und Hettinga meinen auch gleich, Scheiß drauf, wir machen Pause.
Es dauert ja nur ne Minute oder zwei, bis das nächste Auto kommt, und wenn das andere dann noch nicht vom Band runter ist, gibts hinten Alarm und der Chef kommt. Wir wissen natürlich, davor hat Konnetzke Schiss, denn er will ja unbedingt Gruppenführer werden. Kurz bevor der nächste Wagen kommt, springt er vor lauter Panik selbst ins Auto und fährt das Teil auf den Parkplatz. Dann kommt er zurückgerannt und setzt sich direkt in den nächsten Wagen. Wir haben ihn bis zur Erschöpfung rennen lassen, der hat jedes

Auto gefahren, nur weil wir gesagt haben, wir fahren jetzt nicht, und er Panik hatte, der Chef merkt was.
Konnetzke hat auch immer in der Kantine ne Show abgezogen. Hat für fünf Mark mit dem Kopf irgendwelche Tabletts durchgeschlagen. Also richtig Dumpfbackentum. Eines Tages unterhalten wir uns darüber. Ich sage, ach, son Tablett oder zwei, klar, kein Thema, aber der kann ja noch nicht mal n richtiges Brett durchschlagen. Hettinga meint gleich, hör auf, der ist so bekloppt, der haut sich auch n Brett vor den Kopf. Nee, meine ich, wenn er sieht, dass das ein echtes Brett ist, macht er das nicht. Doch, doch. So geht das hin und her. Klar, das müssen wir rauskriegen. Also zwei machen die Wette klar, und einer holt n vernünftiges Brett.
Ich gehe in die Halle, um das Brett zu holen. Dabei komme ich an der Polsterei vorbei, wo auch die Innenausstattung für besondere Fahrzeuge gemacht wird, da wird ja teilweise noch mit Holz gearbeitet. Dort spreche ich einen Kollegen an und erzähle ihm von der Wette. Du, sagt der, das ist kein Problem. Greift ins Regal und holt n Brett aus, das höchstens zwei Zentimeter dick ist, sieht echt harmlos aus, aber er erklärt mir, dass in die Mitte ne dünne Stahlplatte eingesetzt ist. Ich geb dem Typen nen Zehner und gehe zurück in unsere Abteilung.
Dort haben die anderen Konnetzke mittlerweile so richtig heiß gemacht. Er steht schon da und vibriert, was er alles kann. Zeig mal her. Er guckt sich das Brett an und meint, das hau ich locker durch. Seh ich nicht, sag ich. Ey, klar, das schaff ich, schnauft er, da wette ich drauf. Um was, frag ich. Um nen Hunderter, meint er. Okay, abgemacht, die Wette gilt.
Wir legen beide unseren Hunderter hin. Er bereitet sich dann vor. Nimmt das Ding und stellt sich richtig in Kampfform auf, konzentriert sich kurz, holt mit

dem Kopf aus und haut sich das Brett mit voller Wucht vor den Schädel. PENG. Es hat richtig gescheppert, er erzittert und schüttelt sich. Das Brett ist aber natürlich nicht durch, das sehen ja nun alle. Ich habs euch doch gesagt, n Tablett ja, aber son Brett haut der nicht durch. Woraufhin Konnetzke, wutentbrannt, sich das Teil noch zwei Mal vor den Bregen knallt. BAMM. BAMM. Schließlich lässt er das Brett fallen, guckt mich nochmal aus seinen Schweinsäuglein an, ich sehe richtig, wie seine Augen abklappen, als ob er in eine Mauer reinrennt. Dann fällt er um.
Das war natürlich n bisschen hart, das hatte ich nicht erwartet, dass einer so bekloppt ist und sich selber ohnmächtig haut. Er war aber bald wieder da und meinte, das wäre ihm noch nie passiert. Ich hatte auch schon n schlechtes Gewissen und hab nur gedacht, wenn der das rauskriegt. Ich hab schnell das Brett verschwinden lassen, aber fünf Minuten später kommt Hollander an. Also das Geld wird ja wohl geteilt. Jaja, klar, wird geteilt. Aber er hat mich trotzdem verraten, die Sau, für ne Currywurst.
Während der nächsten Tage war ich richtig auf der Flucht. Am vierten Tag sitze ich vormittags auf dem Scheißhaus. Konnetzke hat mich da reingehen sehen und denkt sich, ah, der Kujat geht scheißen. Na, den krieg ich. Er nimmt sich einen Feuerwehrschlauch von der Wand und rollt den ab, ganz leise. Dann hält er den Schlauch über meine Toilettenwand und zielt direkt in die Schüssel, während hinten ein Kollege den Hahn aufdreht. Ich sitze nichts ahnend da, und auf einmal fliegt mir die ganze Scheiße um die Ohren. Ich springe sofort auf, aber da ist nichts mehr zu machen, alles total versifft.
Dieses Spiel hat sich schnell zum Sport entwickelt, da hat nachher jeder jeden mit sonem Schlauch überrascht, man konnte nicht mehr aufs Klo gehen, ging

nicht mehr. Kaum ging einer kacken, standen sie schon wieder an den Schläuchen. Das ging n Vierteljahr lang, bis sie aus Versehen den Abteilungsleiter erwischten. Der hat dann Schlösser auf die Schläuche machen lassen.
Bald darauf änderte sich meine Situation grundlegend. Ausgangspunkt war der Umstand, dass es in meiner Schicht keinen Vertrauensmann gab. Das war den Kollegen auch egal. Ihre Einstellung war, das ist n Deppenjob, und wer das macht, ist n Idiot. Erst als rauskam, dass alle anderen Schichten in unserer Abteilung Vertrauensleute hatten, haben sie angefangen, sich aus Spaß auch einen Vertrauensmann zu suchen. Welchen Trottel schicken wir da hin.
Ich hatte nur gehört, dass Vertrauensleute auch mal aus dem Werk rauskommen, auf Seminare gehen können, wo gut gesoffen und gefeiert wird, und dass man das Ganze auch noch bezahlt kriegt. Das fand ich interessant. Mensch, das ist doch die Gelegenheit, dieser blöden Arbeit zu entgehen. Da habe ich gesagt, okay, ich mach das.
Die Kollegen meinten daraufhin, ich müsste Wahlpropaganda machen, damit sie mich auch wählen. Haben aus Spaß noch nen Gegenkandidaten aufgestellt, und zwar Kurt, das Kindergesicht. Der hat ernsthaft gegen mich gekämpft, hat in den Pausen richtig Wahlreden gehalten. Alle haben sich gebogen vor Lachen. Jeder in der Abteilung wusste, dass Kurt nicht gewählt wird, weil alle mich wählen, es muss nur der Spaß dabei sein. Hauptsache, sie hatten wieder ein Opfer, also das war wichtig, Opfer wurden gebraucht, man war es ja auch oft genug selbst.
Ich bin dann gewählt worden. Schon drei Tage nach der Wahl kommen die Kollegen mit ner Beschwerde zu mir. Du, Alfons, wir sollen Wagen vom Ablaufband fahren, an denen die Bremsen nicht richtig funktio-

nieren. Ich sage, was denn, keine Bremsen, und ihr müsst die Wagen fahren, ist ja unmöglich.
Ich gehe gleich zum Meister und hole mir sonen gelben Freischein, damit ich zum Betriebsrat gehen kann. Auf dem Weg dorthin gerate ich so richtig in Wut. Das gibts doch gar nicht, kaputte Bremsen, und der Betriebsrat akzeptiert das. Stampfe wutentbrannt in die Betriebsratsbude und sage, habt ihr ne Macke, die Leute Autos mit kaputten Bremsen fahren zu lassen, seid ihr blöd oder was. Die fragen nur, was willst du denn. Ich denke, die stellen sich einfach dumm, und lege erneut los. Als ich mit meinem Schreianfall zu Ende bin, lehnen sie sich langsam zurück und sagen ganz ruhig, Kujat, die haben dich verarscht. Wie, was. Jaja, wir kennen das schon, du bist ja n neuer Vertrauensmann.
Als ich in die Abteilung zurückkomme, sitzt da n Riesenhaufen Arschlöcher, und alle lachen sich n Ast. Da war ich schon drauf und dran, die ganze Scheiße hinzuschmeißen, also den Deppen zu spielen hatte ich ja nun überhaupt keine Lust.
Ich hab dann bald angefangen, die gewerkschaftlichen Bildungsangebote für Vertrauensleute zu nutzen. Als ich das erste Mal auf sonem Seminar ankam, habe ich schnell bemerkt, dass ich mich unter Gleichgesinnten befand. Den Teilnehmern war es eigentlich egal, was für ein Thema dieser Bildungsurlaub hatte. Wichtig war die Freizeit, dass wir erstmal dem Job entgangen waren, dass wir feiern, saufen und uns unterhalten konnten.
Während des Seminars hab ich mich hingesetzt, nach dem Motto, ich hör mir das mal an, ist immer noch besser als arbeiten. An bestimmten Punkten hab ich den Referenten ein bisschen hochgenommen. War n Studierter, der uns nun beibringen wollte, wie man mit diesen schrecklichen Kapitalisten umgeht, die ei-

nem ständig alles aus der Tasche ziehen und so. Für mich war der Typ ein Radikaler, n Kommunist, der uns da einen vom Froschkönig erzählen wollte. Das ganze Seminar hat sich über den Typen amüsiert, der was daherlaberte, aber von der Arbeit nichts zu wissen schien. Jedenfalls hatten wir unseren Spaß.
Auf dem nächsten Seminar wollte ich so weitermachen, hab aber schnell gemerkt, dass ich diesen Referenten nicht so leicht verarschen konnte wie den anderen Sabbelkopp. Dieser Typ war n anderes Kaliber. Ein grobschlächtiger Mensch, mit wildem Vollbart, aber warmherzig. Hieß Klaus, war selbst Arbeiter, arbeitete seit zwanzig Jahren als Schiffsbauer auf ner Werft in Emden.
Der Typ ließ sich nicht provozieren, weil er das Spiel kannte, denn er hatte das alles selber durchgemacht. Im Gegenteil, er provozierte selbst. Das Thema war Arbeitsrecht, also eigentlich total langweilig, aber er erzählte n paar interessante Stories, mit denen er meine Aufmerksamkeit geweckt hat.
Solange tagsüber das Seminar lief, habe ich mich jedoch zurückgehalten. Es gab sone Solidarität unter den Teilnehmern. Wir waren uns unserer Arbeiterschaft irgendwo bewusst, ohne Details zu wissen. Teil dieser Solidarität war die Auffassung, wir Arbeiter sind alle blöde, und man darf da jetzt nicht dauernd zum Referenten hinrennen und sagen, du, das interessiert mich, denn damit hätte man die Solidarität der Säufer durchbrochen. Das wurde nicht so gerne gesehen.
Also hab ich mich immer abends zu dem Typen an den Tisch gesetzt. Wir haben ordentlich getrunken und geredet, über alles Mögliche. Am zweiten Abend hat er auf einmal zu mir gesagt, hör mal, Kujat, du bist doch nicht blöde. Warum nutzt du eigentlich deine Möglichkeiten nicht. Ich war echt geschockt. Wie, ich nutze meine Möglichkeiten nicht, was heißt das denn.

Da hat er mir meine eigene Geschichte erzählt. Ich weiß, warum du Vertrauensmann bist, du brauchst mir nichts zu erzählen. Ist toll, mal vom Job abhauen, blaumachen zu können. Aber du wehrst dich bloß individuell. Und du benutzt deinen Verstand nicht. Ich war richtig sauer und hab zu ihm gesagt, ey, Alter, mach dir doch nichts vor, das ist doch sowieso alles nur das Spiel der Großen, wir dürfen n bisschen mitspielen, mehr nicht, das ist alles. Er hat geantwortet, also wenn du glaubst, dass wir hier ein Spiel spielen, dann frage ich mich, wer sich hier etwas vormacht. Das ist kein Spiel.

Da bin ich ins Grübeln gekommen. Hab mir dann überlegt, okay, die nächsten Seminare bin ich bei dir.

Irgendwie hat Klaus wohl gemeint, bei mir wäre was rauszuholen. Er hat das auch an die anderen Referenten weitergegeben. Nicht an die von der Uni, die ankamen und Trockenschwimmen machen wollten. Die mochte er auch nicht. Er meinte, denen muss ich immer erst beweisen, dass ich ihre Sprache beherrsche, damit die überhaupt bereit sind, mir zuzuhören. Das habe ich später auch so erlebt, Tatsache. Da waren mir diese Malochertypen viel näher. Gerade Klaus war immer willig, sich mit anderen Leuten auseinander zu setzen, und ihm war auch egal, auf welchem Level. Das hat mir imponiert.

Jedenfalls haben er und die anderen Referenten angefangen, mich systematisch zu fördern. Die haben mich auf ihre Seminare mitgeschleppt und sich auch jedes Mal um meine Freistellung von der Arbeit bemüht.

Auf das nächste Seminar war ich richtig heiß. Dort habe ich dann die Mehrwerttheorie gelernt, die erklärt, wie die Arbeiter ausgebeutet werden. Der Grundgedanke ist dabei eigentlich ganz einfach. Der Arbeiter braucht nur einen Teil des Arbeitstages, um den Ge-

genwert für seinen Lohn herzustellen. Den Rest des Tages produziert er den Mehr-Wert, den sich der Unternehmer aneignet, darin besteht die Ausbeutung. Diese Mehrwerttheorie war die Grundlage, daraus wurden auch andere Fragen der Gewerkschaftsarbeit abgeleitet. Damit wurde zum Beispiel die Forderung nach Arbeitszeitverkürzung begründet, oder auch der Widerstand gegen Maßnahmen zur Arbeitsbeschleunigung.
Als ich die Mehrwerttheorie begriffen hatte, hab ich auch einen anderen Blick darauf bekommen, was im Betrieb ablief. Mir zum Beispiel zu erzählen, dass die Arbeit gut bezahlt würde, war von dem Moment an vorbei. Das hab ich nicht mehr anerkannt. Mein Standpunkt war, die bezahlen nie genug für das, was wir hier täglich leisten, und wir müssen denen tierisch in den Arsch treten, wenn wir nicht ganz untergehen wollen.
Ich brenne richtig vor Aktionseifer. Renne durchs VW-Werk und erzähle allen, ob sie es nun hören wollen oder nicht, also dasunddas läuft Scheiße, das muss geändert werden, nach Paragraf soundso. Dabei bemerke ich auch, dass das, was der Betriebsrat macht, oft etwas völlig anderes ist, als was ich gerade gelernt habe. Ich stürme ins Betriebsratsbüro und will ihm das erklären. Aber der Betriebsrat lächelt nur milde. Der kennt das schon, dass da einer vom Seminar kommt und den Revoluzzer macht. Er sagt ganz väterlich, Alfons, nun setz dich doch erstmal hin. Dann erzählt er mir zwei Stunden lang, was er alles für Probleme hat, dass man Kompromisse eingehen müsse, undsoweiter. Also er nervt mich unendlich.
Zu diesem Zeitpunkt liefen bei VW gerade diese McKinsey-Untersuchungen des Arbeitsablaufes. Ne ganz bösartige Geschichte. Am Band wurde bereits die so genannte Arbeitsoptimierung durchgezogen. Dazu wur-

de jede Sekunde des Arbeiters abgecheckt, einschließlich Scheißen und Pissen, um festzustellen, wo sich der Ablauf noch beschleunigen ließ. Das wollten die nun auch im Zeitlohnbereich machen, bei den Fahrern. Die McKinsey-Leute hatten dem Management angekündigt, da seien noch mindestens zwanzig Prozent rauszuholen, was natürlich eine enorme Arbeitsverdichtung bedeuten und auch Arbeitsplätze kosten würde, ist ja logisch.

Als ich davon hörte, bin ich zum Betriebsrat gerannt. Der hat überhaupt nichts geblickt, hatte sich nicht informiert, nichts. Ich bin zu nem Wochenendseminar gegangen und hab mir von jedem, der was darüber wusste, einen erzählen lassen. Am Montag hab ich das unter den Arbeitern in unserer Abteilung bekannt gemacht. Da war richtig was los. Die wussten ja alle, wenn sie schnell arbeiten, dann können sie Pausen rausholen, das war eigentlich in jeder Abteilung so. Und nun sollte das vorbei sein, das hat natürlich niemandem gepasst. Die haben mich zugeschüttet mit Fragen.

Ich hab gesagt, Kollegen, im Betriebsverfassungsgesetz gibts nen Paragrafen, wo drinsteht, dass wir zu jeder Zeit das Recht auf Information haben. Also wir lassen hier jetzt einfach die Klamotten fallen und gehen zum Betriebsrat, um unser Recht wahrzunehmen.

Daraufhin ist meine Abteilung, das waren ungefähr zweihundert Jungs, losgelatscht. Der Betriebsrat war völlig überrascht. Ja, was ist denn hier los. Ich hab gesagt, hier sollen enorme Veränderungen stattfinden, die sind nach Paragraf XY des Betriebsverfassungsgesetzes mitteilungspflichtig. Ja, meinte der Betriebsrat, wie, wo, was hab ich denn damit zu tun. Mensch, hab ich geantwortet, du sollst uns informieren. Weil er keine Ahnung hatte, hat er mich gebeten, das für ihn zu machen. Ich hab einen eineinhalbstündigen

Vortrag gehalten, alles während der Arbeitszeit. Der Meister hat getobt, wollte das unterbrechen, aber ich habe mich auf den Paragrafen berufen und das durchgezogen.

Sowas war dort wohl noch nie passiert. Sogar der Abteilungsleiter ist runtergekommen, um sich das anzusehen. Das war schon ne Überraschung, denn der Typ hat sich ja sonst nie in dieser Abteilung sehen lassen. Ist sonst nur mit seinem Edel-Audi durch die Halle gejagt und hat aus dem Fenster gewunken, nach dem Motto, einmal vorbei und durch, ich habe mit den Kollegen gesprochen.

Der Abteilungsleiter hat am nächsten Tag den Betriebsrat, die Vertreter der Vertrauensleute und mich zum Gespräch gebeten. Seine Absicht war durchsichtig. Er wollte mich einbinden. Ich wurde richtig vornehm bedient, kriegte meinen Kaffee von der Sekretärin vorgesetzt, Zigaretten angeboten undsoweiter. Dann wurde über die Aktion vom Vortag geredet. Der Abteilungsleiter meinte, Herr Kujat, bei allem positiven Engagement, das Sie an den Tag legen, sollten Sie doch in Zukunft zuerst diese Runde hier konsultieren, damit wir uns absprechen können, um solche Probleme gar nicht erst aufkommen zu lassen. Aber die Vertrauensleute haben mein Vorgehen unterstützt, und ich habe in dem Moment sowieso keinen Grund für einen Rückzieher gesehen.

Das wichtigste Ergebnis dieser Aktion war, dass mich die Kollegen danach ernst genommen haben, das war der erste Schritt. Von dem Zeitpunkt an sind sie mit ihren Problemen angekommen und haben mir erzählt, was ihnen stinkt. Ich habe dann jedes Mal versucht, die Leute zu ermutigen, ihre Probleme selber in die Hand zu nehmen, aber das war enorm schwer. Egal, obs um ne fristlose Kündigung, um den Arbeitsablauf oder irgendeinen Vorgesetzten ging, die haben eigent-

lich immer nur jemanden gesucht, den sie da hinstellen, hinter dem sie sich verstecken konnten.
Ich war ne Weile ganz berauscht von meinem Erfolg und habe das voll durchgezogen. Hab mich über alles und jeden beschwert, ich muss der Abteilungsleitung ganz schön auf den Sack gegangen sein. Bin da nur noch wie son Bekloppter durch die Hallen marschiert. Das ging so weit, dass selbst Heiner, ein Typ vom Betriebsrat, der echt okay war, immer wieder zu mir gesagt hat, Mensch, Alfons, es ist NICHT NUR Revolution.
In der Praxis wurde meine Haltung bald zum Problem. Das war ein ganz einfacher Mechanismus: Ich kriegte immer mehr Bildung, entfernte mich allmählich von dem Punkt, wo ich vorher gewesen war, aber die Kollegen kamen nicht mit, die blieben zurück. Waren nach wie vor dieselben, von Schrubenfreter bis Konnetzke. Wenn denen ein Vorschlag nicht passte, haben die mich voll auflaufen lassen. In bestimmten Situationen musste ich mir deshalb genau überlegen, sag ich das jetzt oder halte ich die Schnauze, weil ich ganz genau weiß, die allgemeine Auffassung bei meinen Kollegen ist eine andere. Dann musste ich verdammt gute Argumente finden, dass die mit mir mitgegangen sind. Mit welchen Tricks kriege ich diese Säcke dazu, dass sie ihr Recht wahrnehmen. Dabei bin ich dann in meiner Ungeduld manchmal zu weit gegangen. In solchen Momenten war klar, der Kujat ist n ganz Radikaler. Von dem kann man zwar im Notfall immer Hilfe kriegen, aber man muss ihn nicht in allen Punkten unterstützen.
Mein Lerneifer war dadurch nicht zu bremsen. Im Gegenteil. Also das ist ja ein unglaublicher Kulturschock, wenn du plötzlich aus deinem langweiligen Trott herausgerissen wirst und merkst: Das, was du dein ganzes Leben lang so alles an Werten reingeknallt gekriegt

hast, stimmt gar nicht. Alles Lüge. Dieser Schock hat mich angetrieben, ich hab wie son Schwamm alles Neue aufgesogen. Hab weiterhin die Seminare der Gewerkschaft besucht und außerdem begonnen, in einem Abendkurs an der Volkshochschule das Abitur nachzumachen. Nach einem sechswöchigen Lehrgang in der Bildungsfabrik der IG Metall habe ich schließlich sogar angefangen, selbst Seminare zu leiten.
Immer mehr wissen, immer mehr lesen, immer mehr lernen. Ich hatte ne Welle der Euphorie, die mich getragen hat. Mein Engagement wurde immer politischer, über die Abteilung und den Betrieb hinaus. Das begann mit der Diskussion über die 35-Stundenwoche. Später kamen auch noch die politischen, globalen Themen dazu, das war den Kollegen immer schwerer zu vermitteln. Ich hab daraus irgendwann den Schluss gezogen, also diese betriebliche Ebene ist wichtig, aber sie reicht mir nicht mehr. Ich will nicht nur gewerkschaftlich, sondern auch politisch arbeiten.

# Zitting und Co.

Ich hab mir gedacht, ich will nicht son Gewerkschaftsfunktionär werden, ich will mit Jugendlichen politisch arbeiten. Bin dann zu den Falken in Emden gegangen, aber das wars irgendwie auch nicht. Das war sone historisch gewachsene Gruppe, wo Papa, Opa und alle schon immer in der SPD gewesen waren und es einfach Pflicht war, bei den Falken zu sein. Die Jugendlichen gingen auch alle zum Gymnasium. Und bei diesen Gymnasialburschen hatte ich immer das Gefühl, ich bin künstlich, ich muss mit denen auch so umgehen, zum Beispiel ne bestimmte Sprache beherrschen, um mich verständlich zu machen, weil sie das gewöhnt sind, mit Worten Streicheleinheiten zu bekommen. Dass man sagt, also das find ich jetzt ganz wichtig, was du gerade gesagt hast. Lasst uns doch mal n Kreis bilden, um darüber zu reden. Damit konnte ich gar nicht umgehen, das fand ich flachpfeifig. War nicht mein Ding. Hab mir gedacht, dann muss ich halt ne neue Falken-Gruppe aufmachen.
Ich hab angefangen, mich auf eigene Faust nach anderen Jugendlichen umzusehen, in Schulen, Freizeitmöglichkeiten undsoweiter. Aber überwiegend hab ich mich in den Kneipen rumgetrieben. In Hinte, einem der größeren Dörfer im Umland, bin ich eines Abends im so genannten Bürgerhaus gelandet. Ne stinknormale Landkneipe. Holztische, son paar Eckbänke, und vorne sitzt n dicker Wirt, zapft Bier und schenkt Korn aus. Drumrum die Bauern, Gummistiefel an, die stehen da am Tresen und schnacken einen aus.
Im hinteren Raum gibts zwei Spielautomaten und n Flipper, da sitzen n paar jugendliche Rocker. Einer hat n Mofa, das er aufmotzt, ein anderer n Moped,

was schon aufgemotzt ist. Die Teile, die sie besitzen, sind zu 90 Prozent geklaut und zu 100 Prozent frisiert. Damit die Maschine mehr hergibt, das ist ihr Thema. Und im Hintergrund die Dorfmädels. Dreizehnjährige, die sich schon Wimpern ankleben und so. Das wirkt alles n bisschen unbeholfen, also das stimmt noch nicht ganz.
Ich hab mich da einfach hingehockt und hab mein Bier getrunken. Als Erstes bemerke ich, dass die sich offensichtlich tierisch langweilen und sich unheimlich die Kante geben. Die saufen bis zum Stierblick. Nach drei Stunden gibts die erste Prügelei. Die Jungs müssen sich ja ständig vor ihren Mädels beweisen, und dann gehts zur Sache, dann kloppen die sich. Also diese Geschichten hab ich von Anfang an beobachtet.
Am ersten Abend hab ich überhaupt keinen Kontakt aufgenommen, hab nur gesessen, mein Bier getrunken und beobachtet. Am zweiten Abend fiel auf, dass ich da schon wieder auftauchte. Was macht denn der Typ da. Den kennen wir ja gar nicht.
Klar, der Rudelchef Zitting kommt als Erster. Der Typ ist ungefähr zwei Meter groß, ein Kreuz wie n Kleiderschrank, ein ganz offener Typ, sich seiner Kraft bewusst und deshalb auch der Anführer. Er mustert mich und fragt, was bist du denn für einer. Gibst du n Bier aus. Klar geb ich n Bier aus. Dann gleich der zweite Test, die Anmache. Willst du uns hier irgendwie ausspionieren oder was. Nee, ich interessiere mich nur, will nur sehen, was Jugendliche hier so machen und würde gerne mit euch ins Gespräch kommen. Wieso das denn. Was heißt hier ins Gespräch kommen. Ich komme mir auch ziemlich doof vor und sage, ich bin Gewerkschafter und will hier Jugendarbeit machen. Da kriege ich die volle Ablehnung. Erzähl doch keine Scheiße, Alter. Ich hab keine Lehrstelle, ist mir auch egal. Politik interessiert mich

nicht, kannst mich am Arsch lecken. Kannst noch n Bier ausgeben.
Also gebe ich noch ein Bier aus. So langsam sammeln sich die Leute ums uns herum. Wir zocken dann zusammen ne Pulle Apfelkorn, und das Gespräch geht inne völlig andere Richtung. Die erzählen, wer sie sind, was sie so machen. Haben alle ihre Probleme mit dem Elternhaus, Schule läuft absolute Scheiße, hundert Mal rausgeflogen, keine Lehrstelle in Sicht undsoweiter. Ich hab dann im Suff gemerkt, das sind solche harten Typen, da muss ich mich auch selber n bisschen geben. Dass ich auch darauf stehe, ab und zu mal ne zünftige Kneipenschlägerei, also zu dem Zeitpunkt hab ich mich ja auch gerne mal gekloppt, hab auch gerne gefeiert. Das hat mir schon zugesagt. Hab mir gedacht, mit denen kann ich arbeiten.
Zitting meint immer wieder, gib noch mal einen aus. Irgendwann erreicht es nen Punkt, wo er mich als Dösbaddel vorführen will, nach dem Motto, da kommt son Depp, den nehmen wir jetzt mal aus. Da sage ich zu ihm, nun ist mal gut mit ausgeben, ich bin ja auch kein Trottel. Ich kann dir auch auf ganz andere Art und Weise einen einschenken, wenn du das willst. Da zuckt er, weil er merkt, jetzt geht das in eine andere Richtung. Aber ich sage gleich, ich will mich ja gar nicht mit dir kloppen. Ich sitze hier, weil ich Bock darauf habe, Leute wie euch kennen zu lernen, denn es gibt ne Möglichkeit, eure Scheiße hier in den Griff zu kriegen, dass ihr mal ne Unterkunft kriegt oder sowas, n Jugendzentrum.
Da hat es in seinem Schädel irgendwie geklickert, und er hat sich mit Saathoff, Gerd und den anderen Jungs zu mir hingesetzt. Ich hab dann gesagt, ich fände es gut, wenn die Mädels auch dabei wären. Jaja, kein Problem, die sollen auch kommen. Setzt euch da mal hin und haltet die Fresse. Also richtig Hardcore.

Zitting steht dann auf und sagt, der Typ behauptet, dass er für uns ne Bude schaffen kann. Die wollten schon immer n Treffpunkt haben, ne Garage oder so. Da hat er sich gedacht, den Alten nagel ich jetzt fest, der soll mal machen. Ich hab das Spiel mitgespielt. Die haben auch gleich angefangen, ihre Wünsche zu formulieren. Die wollten nicht von irgendwelchen Eltern genervt werden, wenn sie im Garten an ihren Motorrädern basteln, wollten sich ne eigene Truppe schaffen, die zusammen auf Tour geht, zelten, auf Festivals undsoweiter, richtig auf Achse. Hier ist ja nichts los, nur Totentanz. Zugleich hatten sie dabei auch so ganz einfache Rockergruppenvorstellungen, dieses Burgdenken. Wir greifen dann andere Rockergruppen an, und dann haben wir hier ne Basis. Diese Planung lief gleichzeitig nebenher. Richtig was Handfestes. Jeder hatte so seine Vorstellung.

Zitting bestand darauf, dass das ein Ort sein müsste, wo keine anderen Leute hinkommen. Ich hab gesagt, das ist schwirig bei nem Jugendzentrum. Und wen gibts denn hier außer euch. Nee, meinte Zitting, dann kommen wieder die ganzen Gymnasialheinis, die wollen ihre Billardgeschichte, geht mir am Arsch vorbei, und die Mucke, die die hören, ich will hier absolute Rockmusik und nichts anderes. Irgendwann wurde das klargemacht. Wann treffen wir uns.

Am nächsten Morgen hab ich einen Gesprächstermin mit dem Gemeindedirektor vereinbart. Vier Tage später stehen wir vor dem Rathaus. Alle sind nervös. Auf der einen Seite wollen sie ja lässig bleiben, nach dem Motto, wir haben alles im Griff. Auf der anderen Seite sind sie aber total nervös, weil sie sowas noch nie gemacht haben. Für die ist der Gemeindedirektor ein richtig hohes Tier. Einige versuchen schon n Rückzieher. Was willst du denn, bei denen kannst du doch sowieso nichts erreichen, die labern dich zu, und das

wars dann. Für die sind wir doch alle Verbrecher. Das war auch so, die Gemeinde hatte richtig n Hass auf die, weil sie die Ruhe gestört haben, wenn sie da tagsüber saufenderweise am Kiosk abhingen, mit laufenden Motorrädern.
Also wie gehen wir da jetzt ran. Ich sage, Zitting, du sprichst für die Truppe, okay. Aber wir gehen alle rein. Nee, heißt es gleich, geht ihr beide man alleine, wir warten hier draußen. Von wegen, wenn wir das machen, dann machen wir das zusammen.
Wir sind dann reingetappert. Sitzt da son Gemeindedirektor, alt, grauhaarig, Anzug, Krawatte, alles sitzt hundertprozentig, ein absoluter Bürokrat, auf den ersten Blick erkennbar. Hier geht das nur nach Recht und Ordnung, son Typ. Ich gleich auf ihn zu. Guten Tag, mein Name ist Kujat, wir hatten telefoniert. Diese Jugendlichen planen, hier einen Ortsverband der Falken zu gründen. Sie haben mir gesagt, dass sie hier ein Problem haben mit Treffpunkten. Der Gemeindedirektor wills konkreter wissen. Zitting dann, wir wollen, dass wir uns hier irgendwo treffen können, ist doch logisch. Wie wir uns das denn vorstellen würden. Pass mal auf, sagt Zitting, das kann ich dir auch nicht so genau erklären, das dauert auch viel zu lange, aber der Typ hier, der hats drauf, mach du das doch mal mit dem klar. Der Gemeindedirektor guckt wie ein Fahrrad. Sein Schädel hat nur noch getrillert, dem haben die Haare hochgestanden, so ist der noch nie angeblasen worden. So eine primitive Ansprache. Mir war das einerseits natürlich n bisschen peinlich, aber andererseits fand ich das auch total witzig.
Daraufhin fängt der Gemeindedirektor an, so ginge das überhaupt nicht. Ich sag, Moment mal. Hier ist doch ein Wunsch geäußert worden. Und wir haben auch einen Vorschlag. Es gibt dieses ehemalige Feuerwehrhaus, das steht seit Jahren leer. Das ist zentral

im Dorf, hat einen kleinen Hinterhof, das würde unseren Bedürfnissen entgegenkommen. Aber der Gemeindedirektor meint, er könne gar nichts sagen, darüber müsse erst der Gemeinderat sprechen. Zitting gleich, Ah, hab ich doch gewusst, auf die lange Bank schieben, und in zehn Jahren können wir uns mal wieder treffen, das wird nichts. Kommt Jungs, wir hauen ab. Machen wir halt weiter am Kiosk unseren Lärm. Daraufhin sag ich, Augenblick mal. Das ist doch gerade das Problem, daher kommen ja die Beschwerden. Warum denn nicht dieses alte Haus. Wir wollen hier n Ortsverband der Falken aufmachen, und diese Jugendlichen haben Interesse, das in Angriff zu nehmen. Der Gemeindedirektor guckt mich an, nach dem Motto, DIE doch nicht. Da hätte der Ortsverband der SPD ja wohl auch noch n Wörtchen mitzureden. Das ging hin und her. Aber schließlich hat er zugesagt, dass das bei der nächsten Gemeinderatssitzung auf die Tagesordnung kommen würde. Thema: Jugendzentrum Hinte.

Noch am selben Abend gab es hinter den Kulissen Gespräche. Die haben gleich den SPD-Ortsverband in Emden angerufen. Der Kollege Kujat solle sich doch in Verbindung setzen, damit man das zusammen regeln könne. Ich hab daraufhin einen Gesprächstermin mit den Gemeinderatsmitgliedern der SPD vereinbart.

Zwei Tage später gehe ich in die Kneipe, wo ich mich mit denen verabredet habe, war auch sone Bauernkneipe. Im Hinterzimmer hocken acht verknöcherte alte Säcke und glotzen sich an. Seit Jahrzehnten hats hier nichts anderes gegeben, als dass Hinni Janssen Joke Müller und Joke Müller Hinni Janssen gewählt hat. Ist alles aufgeteilt, es gibt keine Gebietskämpfe, man hat alles fest im Griff. Plötzlich sind sie nun damit konfrontiert, dass da son Störenfried ne Falkengruppe aufbauen will. Für die sind das Linke, ganz

gefährlich, haben nichts mit uns zu tun, Radikale, also hier kommt jetzt Übelstes auf uns zu.
Entsprechend die stocksteife Begrüßung. Guten Abend. Setzen Sie sich bitte. Dieses von oben herab Joviale, nach dem Motto, wir sind hier die Hierarchie. Wie der schon aussieht. Was will der überhaupt. Ich hab angefangen, also ich bin ja VW-Arbeiter. Ach ja, VW, die fangen sofort an zu erzählen, wen sie da kennen. Mein Schwager sitzt da sogar im Betriebsrat. Also gleich als Drohung, wenn hier was schief läuft, sag ich meinem Schwager Bescheid. Ich bin dann aufs Thema gekommen. Also es geht darum, dass Jugendliche hier ein Problem haben. Was für Jugendliche, kam als Erstes. Meinen Sie etwa diese Jungs, die hier ständig Ärger machen. Wir haben hier ne Ortsfeuerwehr mit ner Jugendabteilung, da könnten die noch was lernen, mein Sohn hat sich da schon in der Schulzeit angemeldet, das ist Jugendarbeit, wir haben hier reichlich Jugendarbeit. Es gibt ne Handarbeitsabteilung, das macht die Lehrerin, mit Töpfern, Keramik und allem. Das ist doch wohl Jugendarbeit, oder wollen Sie sagen, dass das keine Jugendarbeit ist. Da sollen die sich mal anmelden.
Die lassen nichts aus von ihrer tollen Jugendarbeit. Mir steht die Kotze schon bis zum Hals. Kein Wunder, dass alle durchknallen, die sich da nicht ranhängen, die nicht das machen wollen, was alle machen. Ich denke, vielleicht verstehen die ja was, wenn die mal hören, um was es geht. Dass sie Jugendliche in dieser Gemeinde total vernachlässigen, nur weil die anderer Meinung sind. Ich bringe das Gespräch endlich auf das JZ. Also, es gibt ja auch Leute, die an all diesen Sachen nicht interessiert sind, die andere Vorstellungen haben, die anders denken, und auch die müssen Möglichkeiten bekommen. Wo vielleicht nicht immer alles glatt läuft, aber wo auch kreative Prozesse

stattfinden können. Was natürlich manchmal mit kleineren Unannehmlichkeiten verbunden ist, aber dann kommt hier endlich mal Leben in die Bude!
Klar, da hatte ich was Falsches gesagt. Ich hab mich einfach aufgeregt, bin sauer geworden und hab meine Contenance verloren. In dem Moment hab ich da n Krieg ausgelöst. Das war im selben Augenblick entschieden. Der Mann muss weg. Ich hab das gar nicht begriffen. Einer ist dann aufgestanden und hat gesagt: Solang ick in disse Dörp Bürgermeister bün, passert hier nur dat, wat ick will. Und dat maak du die mol, du Grotmul. Kummst van Emden und willst mi hier vört Döör spucken. Dat kummt hier överhop nicht vöör, dat versprech ick di. Und nu rut.
Der Dorfhäuptling war außer sich und hatte gesprochen. Die anderen nur, dat will ick secht hemm, ick lööf ok nicht, dat ick doa noch wat to proken heb. Ja, sag ich, dann reden wir n andermal weiter.
Am nächsten Tag hab ich den Jugendlichen das erzählt. Also, jetzt bleibt uns gar nichts anderes übrig, jetzt müssen wir diesen Ortsverband bekannt machen und die mal richtig anpissen. Nee, Alfons, hör bloß auf, wegen den Idioten, son Scheiß. Da draußen gibts ne Scheune, dann machen wir uns da was klar. Die hatten überhaupt keinen Bock, sich damit auseinander zu setzen, nach dem Motto, bringt ja doch nichts, passiert ja nichts. Ich hab dann vorgeschlagen, lasst uns doch mal mit den Leuten reden, die sich da ein Mal im Monat in der Schuldisco treffen, die sind doch bestimmt auch für ein Jugendzentrum. Das war ja nun das Letzte. Bist du blöd. Was hab ich denn mit den kleinen Pissern zu tun. Das sind doch Kinder. Ich nur, man kann ja mal fragen, vielleicht sind die ja auch dafür, kann man doch mal fragen. Aber Zitting hatte keinen Bock, haute mit Saathoff und Gerd ab.

N paar der unteren Chargen sind aber geblieben. Wir haben dann ne Disco organisiert. Sind auch unheimlich viele gekommen. Aber die Atmosphäre. Grausam. Was mir besonders peinlich war, der Ortsverband Emden hatte Unterstützung geleistet, und die waren auf der konservativen Masche mit ihrem Ausstellungsscheiß. Überall Stellwände, Wir fahren ins Zeltlager. Mit Fotos, wo die Kinder mit Blauhemd und rotem Schleifchen heruntergrinsen. Dann diese unglaublich schlecht gemachten Comicfiguren dazu, das militärisch präzise Falken-Symbol, also ein grauenhaftes Bild von Jugendarbeit. Das wurde sauber und ordentlich da hingestellt. Es wurde auch eine fahrbare Disco vom Bezirk aufgebaut, einschließlich Discjockey, der immer alles erklären musste und alle genervt hat mit seinen Stories. War so richtig Frontalunterricht. Die Falken erobern sich einen Ortsverband.
Es sind so viele Kids gekommen, dass wir in den nächsten Wochen mehrere Kindergruppen aufmachen konnten. Aber die Jugendlichen, die ich erreichen wollte, die waren erst gar nicht erschienen. Die haben sich am Kiosk die Kante gegeben und sind erst gegen elf Uhr da aufgetaucht. Sind gemeinsam vom Motorrad abgestiegen, haben sich vor der Halle aufgestellt und die Säulen angepisst. Das war ihr Beitrag zu dem Abend.
Aber ich hab irgendwie gedacht, da muss was passieren, das sind hier die Entscheidenden, weil das Leute sind, die quer laufen, und die auch eigentlich wissen, warum sie quer laufen. Deshalb bin ich hinter ihnen hergelaufen, indem ich n paar Tage später in ihrer Stammkneipe aufgetaucht bin. Zitting legt gleich los. War klasse, deine Disco. Waren ja auch alle Kiddies da. War toll. Die Ausstellung, ganz toll, vom Feinsten. Und da soll ich Mitglied sein. Du spinnst ja. Reg dich doch nicht auf, Zitting, du bist ja noch gar kein

Mitglied. Eh, ist doch peinlich, was hab ich mit sonem Scheiß zu tun. Ist doch lächerlich. Saathoff auch gleich, hast du ne Macke. Wir spielen Motorrad, da mach ich doch nicht in Blauhemd.
Wir haben dann wieder ordentlich einen getrunken. Da hatte ich irgendwann die Idee. Mensch, lasst uns doch einfach in dieses Feuerwehrhaus reingehen und drauf kacken, ob die da ne Genehmigung geben oder nicht. Zitting fand das gut, aber alle anderen hatten Schiss, dass die Dorfältesten sich zusammentun und sie da rausprügeln. Ich hab gesagt, das machen die nicht. Wenn ihr nur die Rockertruppe wärt, dann ja. Aber wir haben den Verband und damit ne Öffentlichkeit. Die werden die Bullen holen. Zitting sofort, Bullen machen mir nichts aus, ist mir egal. Die andern auch gleich, Scheiß auf die Deppen. Gesagt, getan. Alle im Suff vereidigt, dass das alte Feuerwehrhaus besetzt wird.
Ich hab über den Bezirksverband der Falken versucht, Unterstützung für unseren Plan zu organisieren. Einige waren ganz aufgeregt, endlich passiert mal wieder was. Andere meinten, mach bloß keinen Scheiß. Im Ortsverband Emden haben die mir die Türen eingerannt. Hör auf mit dem Blödsinn, das sind doch Genossen. Genossen, von wegen, das sind Arschlöcher. Die musst du dir mal angucken, und dann erzähl mir noch mal was von wegen Sozialdemokraten.
Vom Bezirksverband aus haben die das so organisiert, dass die Hinteraner SPD kurz vor der geplanten Besetzung Druck vom SPD-Bezirk gekriegt hat. Also die Falken seien ja schließlich die Jugend der SPD, und es wäre doch wohl nicht so gut, wenn da ne öffentliche Geschichte entstehen würde, Gemeinderatsmehrheit der SPD gegen Jugendverband der SPD.
Daraufhin stand plötzlich der Gemeindedirektor da, kam uns entgegen und überreichte den Schlüssel. Der

Gemeinderat hätte entschieden, dass wir diese Räumlichkeiten vorläufig nutzen dürften. Bedingung wäre die Erstellung einer Nutzungsordnung. Zitting hat den angeguckt, und dann hat er in seiner Begeisterung den Gemeindedirektor in den Arm genommen und fast erdrückt. Das finde ich aber stark, Alter. Und alle haben dem auf die Schulter geklopft, der hat richtig gestaubt. War völlig konsterniert. Einerseits war ihm das alles zuwider, aber andererseits merkte er schon, dass das jetzt ehrlich war und er richtig Dank dafür bekommt.

Wir sind rein in die Bude und haben eine Riesenfete gefeiert, über drei Tage, war ja nun klar. Da gab es natürlich sofort den ersten Ärger mit den Nachbarn, die meinten, die ständigen Motorräder, die Musik, das wäre zu laut, sie könnten nicht schlafen, das ginge nicht. Aber das haben wir hingekriegt. Die Jungs haben ihre Motorräder ausgemacht und nachts ein bisschen Rücksicht genommen, so dass das eigentlich ganz gut lief.

Es kam über die Falken auch jemand, der das son bisschen ausgebaut hat, mit Holzbänken und so. Die Kids haben sich das aber doch so hingebaut, wie sie das haben wollten. Zitting nur, Dej Schiet. Rumms, das Bein da rein, dann war das kaputt, und es wurde was Gemütliches hingestellt, n Sessel oder so. Sie haben sich auch ne kleine Bar eingerichtet. Naja, es sah schon teilweise ziemlich deftig aus. Überall lagen Motorradteile, Müll, leere Flaschen. Sah halt aus wie ne Räuberhöhle, aber es war ihre Höhle.

Ich hab dort angefangen, mit den Jugendlichen über ihre Situation zu reden. Es zeigte sich immer wieder, dass die alle Aussätzige waren. Ihre Alten waren total kaputt, auf Alk oder so, da gabs oft nur Schläge. Einige waren abgehauen, andere wurden vom Alten gar nicht mehr zu Hause reingelassen, so dass die

teilweise vagabundierend gelebt haben. Nichts mit Geld. Logischerweise hat sich dieser Raum zu einem ständigen Treffpunkt entwickelt, dass die da nicht mehr rausgegangen sind. Wir haben auch angefangen, richtig Ortsverbandsarbeit zu machen. Haben Seminare veranstaltet und uns an den überregionalen Aktivitäten der Falken beteiligt.
Der erste gemeinsame Ausflug war zum Rock-gegen-Rechts-Festival, das auf ner Insel in der Weser stattfand, in der Nähe von Brake. Wir haben uns einen Bus gemietet und sind mit der ganzen Rockertruppe angereist. Das waren höchstens zwei Stunden Busfahrt, aber als wir angekommen sind, waren die Jungs schon sowas von besoffen, es lief eine Kotz-Arie ohne Ende. Zitting, Saathoff und Gerd hingen sich nur noch in den Armen, Dose Bier in der einen und Pulle Korn in der anderen Hand, und dann Stereosaufen.
Als wir ankommen, trotteln uns gleich son paar Vögel aus Brake entgegen, ihr Chef Detlef Antes vorneweg. Man kennt sich ja auch noch nicht so gut. Hallo. Und dann torkelt da son Haufen bekleckerter Jungs und Mädels ausm Bus, völlig abgerissene Typen. Zitting voran, trompetet ohne Ende. Wo gifft dat hier wat to supen. Das hat die Genossen aus Brake schon n bisschen überfordert. Antes meint, Alfons, vielleicht wär das ganz gut, wenn ihr nicht so viel trinkt, das Festival fängt ja erst an. Ich sag, du, die werden sich irgendwann an den Strand legen, und ansonsten kannst du da eh nicht viel dran drehen, lass die man laufen.
Aber Antes will uns unbedingt seinen Braker Verein vorstellen. Alles ganz Artige. Er schreitet auf Zitting zu, will auch so auf Prolet machen. Hallo, ich bin Detlef Antes, ich komm aus dem Ortsverband Brake. Zitting nur, Ach, das macht nichts. Er hat ihn nur kurz fixiert, dann war das für ihn klar. Arschloch, Idiot, beiseite. Hat stattdessen Kontakt mit den Mädchen

aufgenommen. So. Das sind also unsere Genossinnen. Hi, ich bin Zitting. Äh, ja, äh, ich bin Ulrike. So haben die sich kennen gelernt.
Später kommt Zitting zu mir und meint, das ist ja dasselbe Gesocks, was wir bei uns am Gymnasium haben. Kann ich nichts mit anfangen, Alfons, tut mir leid. Ey, die eine da ist ja schon beleidigt, nur weil ich gesagt habe, dass sie n geilen Arsch hat. Was sollen die Sprüche. Ich sag, Zitting, das ist n politischer Verband, Frauen haben da ihre Rechte, da kannst du nicht gleich einfach so losballern, hast n geilen Arsch. Mal n bisschen unten bleiben, n bisschen Haltung bewahren. Zitting nur, Alter, das will ich dir sagen, wenn ich finde, dass eine Frau n geilen Arsch hat, dann sag ich der das auch. Ist mir egal, ob das feminin ist. Also Emanzipation war n schwieriges Thema in der Truppe, absolut.
Irgendwann ging auch das Programm los. Zur Eröffnung gabs viele einleitende Worte. Danach hat irgend son Typ n klassischen Text vorgetragen, ich glaube Goethe, dazu spielte dann ein anderer Typ Dudelsack, und das Ganze sollte nun hochpolitisch sein. Also ich habs nicht verstanden, und meine Leute schon gar nicht. Zitting und Co. sind direkt auf die Bühne gegangen. Nun hört doch endlich mal auf mit dem Gesabbel, wir wollen Musik hören. Und Ey, wir sind der Ortsverband Hinte. Das wussten bald alle. Ah, die sind das. Die fielen ja auch total auf mit ihren abgerissenen Rockerklamotten unter all den Blauhemden.
Was klar war, um siebzehn Uhr war die erste Rettungsaktion fällig, weil Dieter besoffen und bekifft im Fluss lag und nichts mehr checkte. Zitting hatte sich zu diesem Zeitpunkt bereits schwer in Szene gesetzt. Er hatte kein Geld mehr und hat sich dann von den Jungs noch n Bier geholt, auf seine Weise. So, wir gehen jetzt noch mal an den Tresen, trinken Bier,

und du bezahlst. Und wenn son Zwei-Meter-Kerl völlig zerfetzt vor dir steht und sagt das nebenbei, dann zahlst du das Bier, weil es besser ist. Und dann sagt er, du, ich hab auch Kollegen. Nen scharfen Blick auf den Typen. Und du hast doch Geld. Ja, ich hab auch nur n Fuffi. Eh n Fuffi, Alter, ich hatte nur zehn Mark, ist schon alle, aber du hast noch n Fuffi, ist doch nicht fair, oder. Also ich finde, du bezahlst. Und dann wird bestätigt. Gerd nur, na klar. Saathoff, na logisch, der ist dran, hat ja keiner mehr was. Die haben die wirklich eingekreist, und da waren die Jungs aus Brake und Lemwerder einfach nicht clever genug. Der eine oder andere hat dann mal zaghaft versucht aufzumotzen. Eh, Alter, du kannst doch nicht so reden mit mir. Dann haben die nur gelacht. Haben denen nichts getan, aber haben abgegackert ohne Ende, wenn da son Spruch kam, denn es war klar, sie können. Die haben sich köstlich amüsiert. Ansprache war kaum noch möglich, da war nur saufen und kiffen, irgendwo paarweise in der Ecke verschwinden und sich endlich mal austoben. Ansonsten, lass mich in Ruhe, ich komm schon klar.
Am Sonntagabend habe ich dann den Scheißhaufen wieder eingesammelt und in den Bus verfrachtet. Die haben den ganzen Rückweg gepennt. Zu Hause hieß es, Mensch Alfons, war ein geiles Wochenende. Die Falken, ganz große Klasse. Diese Sprüche kamen die ganze Woche über. Das führte dazu, dass ich gesagt habe, okay, wir können sowas öfter machen.
Ein paar Wochen später sind wir für ein Wochenende nach Esens gefahren. Ich hatte da son Alternativbauernhaus gemietet, mitten in der Walachei. Also dieses Wochenende, das war unglaublich. Bei denen ist ein absoluter Film abgegangen. Alleine mit ihrer ganzen Truppe, und wieder mal die alte Saufgeschichte. Die sind da rein, und vom ersten Augenblick an fliegen

die Klamotten. Als Erstes räumen Zitting und Gerd ein Regal ab, weil sie sich son bisschen kloppen, wer da jetzt als Erster an den Kühlschrank kommt, all son Blödsinn. Das Mobiliar. Zitting lässt sich einfach innen Sessel reinfallen, und dann ist der platt. Ist ja klar. Ganz spaßig. Läuft durch die Hütte und brüllt, wo ist noch n Sessel. Da hat er gar keine Skrupel.

Also wenn Jugendliche alleine unterwegs sind, dann siehts ja sowieso schon schlimm aus, aber diese Jugendlichen sind noch mal nen Zacken schärfer. Die beschießen sich zum Beispiel mit Ketchup, einfach so, bis das Zeug von der Decke tropft. Nach dem Motto, interessiert mich nicht, ich geh hier ja wieder raus, ist doch egal. Nach vier Stunden ist das an einen Punkt gelangt, dass sie in ihrem Suff sogar die Bierflaschen an die Wand ballern.

Der Höhepunkt ist, dass die Mädels und Jungs sich trennen und neue Verbindungen eingehen. Die Eifersuchtskämpfe, das ist wie ein Affenrudel. Gerd sitzt auf der Treppe, vor dem Zimmer, wo die Mädels drin sind, und heult. Seine Freundin Ute hat sich von ihm getrennt, weil er zu viel säuft, und ist jetzt mit einem der unteren Chargen zusammen. Das kann er nun gar nicht verkraften. Schnaps in der Birne, heulendes Elend, Tobsuchtsanfälle, wie ein Werwolf bei Vollmond. Zitting schleicht sich an Angela ran, die gerade Stress mit ihrem Macker Eilert hat, da kommt es auch zum Streit. Zitting schwingt sich zum Beschützer auf. Nun mach mal halblang, Alter. Eilert tobt nur noch heulend, ich will zu meiner Angela. Ey, Alter, reiß dich zusammen, meint Zitting, und ballert ihm eine. Daraufhin gehen die zu dritt auf Zitting los, da ist richtig Schlägerei. Es fliegen die Klotten, ohne Ende.

Ich hab irgendwann gemerkt, wenn ich jetzt nicht eingreife, bleibt hier kein Stein auf dem anderen. Die hatten es geschafft, die Bude innerhalb von vier Stun-

den zum Schlachtfeld zu machen. Da war nichts mehr heil, die hatten alles zerlegt. Stühle kaputt, Geschirr aus den Schränken geflogen, ganze Einbauten rausgerissen, alles total versifft, das war ein einziges Chaos. Ich werde richtig stinkig und fange an zu brüllen, weil die auch nicht mehr zuhören. Die sind so besoffen, dass die Schädel nur noch auf Durchbrennen eingestellt sind.
Ich hole zuerst die drei Typen von Zitting runter. Da der nicht aufhört, um sich zu schlagen, hau ich ihm ne Backpfeife, und er fällt auf den Arsch. Daraufhin empört er sich. Du hast mich geschlagen, das darfst du gar nicht. Auf einmal will er, dass ich den Sozialheini gebe. Ich sag, ich hab hier genauso Gefühle wie du, und jetzt ist hier Feierabend. Guckt euch mal um, wie das hier aussieht. Aber Zitting ist nicht bereit aufzuhören. Mir doch egal, leck mich am Arsch, ich fackel das Ding ab. Ich sag, Zitting, du spinnst wohl, nun fang dich mal wieder ein, sonst hau ich dir eine, aber richtig. Zitting dann, was willst du denn. Greift sich einen Stuhl und schmeißt den in meine Richtung. Da sind plötzlich alle still. Ich denke nur noch, wenn der mich jetzt schafft, hab ich hier verloren, auf ewig, dann gehts wirklich ab. Ich springe ihn an, aber richtig, weil ich weiß, Zitting kann was einstecken. So schnell bin ich lange nicht mehr gewesen. Gleich so drei, vier Dinger, voll aufs Kinn. Der wankt und setzt sich in die Ecke, völlig verdaddert, ist noch nicht mal weggetreten, trotz der drei Dinger. Ich schreie, und jetzt ist Feierabend, Schluss, und zwar für euch alle, ich will euch nicht mehr sehen.
Ich hab in der Nacht nicht mehr geschlafen, ich war so dermaßen aufgeregt. Der Schaden, das waren tausende von Mark, wie soll ich den Leuten klar machen, was hier abgegangen ist. Morgens um halb acht hab ich sie geweckt. Hoch jetzt, ich bin stinkend sauer.

Also Leute, ich bin hier nicht euer Willi. Ich reiß mir den Arsch auf, damit wir sowas gebacken kriegen, halte meinen Kopf hin, und ihr bringt mich hier total in die Scheiße. Das Seminar findet jetzt statt, und zwar unter dem Titel, wie kriege ich Schaden wieder geregelt. Von den Jungs kamen erst noch Proteste. Alter, du glaubst doch nicht, dass ich den ganzen Scheiß hier wegmache. Ich sag, ey, die Alternative ist was auf die Fresse. Ihr seid Arschlöcher. Da waren sie auch irgendwie bedröppelt. Die Mädels kamen nacheinander zu mir, um ihre Freunde in Schutz zu nehmen. Der war das doch gar nicht, Zitting hat doch alle verrückt gemacht, oder der Gerd wars. Da sind sie wieder wie Kleinkinder, also einer verrät den anderen, damit nur bloß der eigene Freund nicht dran ist. Sie haben dann mit Murren und Knurren zusammen aufgeräumt, den ganzen Sonntag. Aber ein paar tausend Mark Schaden sind trotzdem geblieben, die hat später der Verband übernommen.
Danach war erstmal ne Weile Sendepause zwischen uns. Aber dieses Wegfahren war doch in den Köpfen hängen geblieben, und so kamen sie bald wieder an. Wir sind dann öfters mit anderen Ortsverbänden auf Tour gewesen. So sind wir beispielsweise über Ostern, zusammen mit Leuten aus Norden und Emden, auf einen Zeltplatz in der Krummhörn gefahren. Das ganze Wochenende herrschen grausige Bedingungen. Regen ohne Ende, alles durchnässt, es ist arschkalt. Schon als die Zelte aufgebaut werden, gibt es die ersten Streitpunkte, wer da jetzt mit wem wo im Zelt pennt und so. Während die disziplinierten Genossen aus Emden und Norden alles aufbauen, sind Zitting und Co. natürlich schon wieder voll auf Party eingestellt. Im Laufe des Nachmittags entwickeln sich Auseinandersetzungen, weil die anderen total genervt sind von unserer Truppe. Zitting und Gerd haben sich schon

dermaßen die Kante gegeben, dass sie Spaß daran haben, kotzenderweise übern Zeltplatz zu laufen und sich darüber totzulachen, wenn die Leute sich ekeln. Darüber empört sich der Chef des OV Emden, Jochen. Meint, er müsse jetzt seine Autorität durchsetzen und fängt an, Gerd und Zitting anzumachen. Was bildet ihr euch ein, euch so zu verhalten, in dem Stil. Aber die lachen nur. Wieso, wir tun doch niemandem was.
Abends soll ein gemeinsames Programm laufen. Zitting und seine Jungs haben aber kein Interesse an einem großartig organisierten Lagerleben, solange das sowieso nur bedeutet, dass sich die Falken zusammensetzen und einer Klampfe spielt. Darauf haben sie überhaupt keinen Bock. Aber die anderen setzen sich zusammen und singen ihre Lieder. Moorsoldaten, Che Guevara, die Internationale, die jodeln das ganze Programm runter. Zitting und die anderen fangen dann an, die Texte umzudichten, auf ihre Weise. Die Moni geht mitm Spaten, lass den Gerd nicht so lang warten, all son Scheiß. Das ist ja nun natürlich auch moralisch angreifbar, darüber Witze zu machen, aber die fordern das halt heraus.
An irgendeinem Punkt rastet Jochen dann aus. Er einssiebzig, steht vor Zitting, dem Kleiderschrank. Mit welcher Arroganz er den da anmacht. Du hast nicht das Recht, Falken-Mitglied zu sein, mit so einer Haltung, geh erst mal zur Schule, um zu begreifen, was du hier machst. Der brüllt ihn an ohne Ende. Zitting antwortet ihm in seinem besoffenen Kopf. Pass mal auf, Alter, das mag ja alles sein, aber du hast mir jetzt drei Mal mit deiner Faust auf die Brust geklopft, und das lass ich mir nicht gefallen. Aber Jochen ist nicht zu halten. Er schreit, ich fass an, wen ich will, packt Zitting an der Jacke und schüttelt ihn. Daraufhin legt Zitting seine Riesenpranken um ihn und verpasst ihm ein oder zwei Dinger, dass er nur so durch

den Schlamm schliddert. Im selben Augenblick geht der Ortsverband Emden ab. Nach dem Motto, so ginge das ja nun nicht, stellen sich die Jungs in drohender Haltung vor Zitting auf. Das ist nun natürlich n Signal für die Rockertruppe: Die greifen Zitting an, das geht nicht. Im selben Moment fangen die an, sich zu kloppen wie die Kesselflicker. Und kloppen können sich Zitting und Co. natürlich richtig, sind ja ständig im Training. Die Jungs sind in zwei Minuten erledigt, da gehen nur n paar Schläge hin und her, dann ist das vorbei. Aber die merken, die Hinteraner hören nicht auf, wir kriegen hier jetzt richtig aufn Buckel, Zelte gehen zu Bruch undsoweiter, jetzt wird hier wirklich abgeräumt. Da ist nicht Schluss mit Backpfeife, sondern es gilt die Maßgabe, der Gegner wird platt gemacht. Die Mädels kreischen ohne Ende. Das ist aber sehr durchsichtig. Sie wollen zwar nicht, dass das zu hart abgeht, aber in Wirklichkeit freuen sie sich, weil ihre Kerle es denen mal so richtig zeigen und sie dann stolz mit ihnen losziehen können.
Irgendwann war die Schlägerei vorbei, und es gab richtig Ärger. Jochen kam überhaupt nicht mehr runter. Ich hab ihn fest gehalten, weil er nochmal loslegen wollte. Da hat er mich angeschrien. Ich verlange von dir, dass du deine Leute zur Räson bringst. Ich sag, ich hab hier nichts zur Räson zu bringen. Was stellst du dir überhaupt vor. Wenn du Zitting nicht dauernd angefasst hättest, hätte er dir niemals etwas getan. Aber du kannst dich doch nicht hier hinstellen, den großen Zampano spielen und das dann nachher nicht einlösen. Von da an war der mir spinnefeind, der hat einen Hass auf mich gehabt ohne Ende. Aber er hatte ne gehörige Portion Respekt verpasst gekriegt, der hat die Jungs nie wieder angefasst.
In den nächsten Wochen haben die vom Bezirksvorstand alle unendlich auf mich eingetrichtert, das wur-

de intern ausgiebig diskutiert. Überhaupt fanden danach ständig Versammlungen zum Thema OV Hinte statt. Das war meganervig, hat aber immerhin dazu geführt, dass Thomas, einer der Sekretäre, begonnen hat, mich konkret zu unterstützen. Wir haben angefangen, Freizeit und Verbandsgeschichten son bisschen zu verbinden, indem wir mit der Truppe auch mal zu Seminaren des Bezirksverbandes gefahren sind. Bei den ersten Seminaren lief das allerdings total chaotisch. Da kam wie immer die ganze Birkenstockfraktion angerauscht. All die Leute, die adrett und ordentlich ihr Seminar durchziehen wollten. Und meine Rockerbande reiste auf Mopeds an, bis nach Cloppenburg, die sind stundenlang gefahren. Haben dann in ihrer etwas gröberen Art die Nächte durchgemacht und diese etwas zarteren Geschöpfe aus den anderen Ortsverbänden reichlich durcheinander gebracht. Schon durch ihre Art, sich zu unterhalten. Fick dich doch, du alte Nutte, so haben die ja untereinander geredet. Da waren schon einige irritiert. Das permanente Anbaggern. Und natürlich der Zeitplan. Da war halt nichts mit sonntags neun Uhr dreißig anfangen. Bist du blöde, ich komm um zwölf, und dann will ich frühstücken. Aber wir machen doch Seminar. Mir egal, ich mach Seminar, wenn ich Bock habe. Das war irgendwann bekannt, da haben viele von den Gymnasialen gesagt, da geh ich nicht mehr hin.
Das war immer direkt zielorientiert. Was die wollten, das wurde auch durchgesetzt. Und sie haben unheimlich schnell begriffen, dass sie dazu diesen Verband gut nutzen können. Haben deshalb irgendwann auch angefangen, sich für die Verbandsarbeit zu interessieren, weil sie gemerkt haben, man kann ja wirklich was machen, zum Beispiel Gelder für Seminare oder Zeltlager organisieren. Außerdem lernte man ja Dinge, die andere nicht wussten, also der Status stieg

schon. Und unabhängig von ihren Verweigerungstaktiken, wenn ihnen was nützlich war, dann haben sie das auch angenommen. Sie haben auch Spaß daran gefunden, sich mit anderen zu streiten. An Problemen wie Arbeitslosigkeit, eigene Lebensverhältnisse, da konnten sie sich ja auch austauschen, da hatten sie was mitzuteilen.
Dieser Falken-Verband hat davon eigentlich gut gelebt, weil wirklich mal Leben in die Bude kam. Das waren die Arbeiterkinder, von denen sonst immer nur geredet wurde. Einige der Funktionäre fanden das ja auch irgendwie ganz toll, solche Leute im Verband zu haben, die ansonsten nicht am politischen Leben teilnehmen. Aber es kam immer wieder zu Reibereien. Zum Beispiel auf der Bezirksversammlung, das war sone Art Delegiertenkonferenz, die alle zwei Jahre stattfand. Da hatte jeder Ortsverein schon vorher klar, für welchen Antrag er die Karte hebt. Ich hab das nicht mitgemacht. Hab zu der Gruppe gesagt, ihr macht das so, wie ihr das denkt. Hier ist das Programm, und wenn ihr Fragen habt, fragt mich. Was meinst du, was da los war. Der OV Emden kam zum Beispiel an und wollte mit mir Wahlabsprachen treffen. Ich hab gesagt, das mach ich nicht. Die sollen sich erstmal austoben und dabei lernen, dass das, was sie wählen, auch Folgen hat. Und das lernen sie doch nie, wenn ich ihnen schon vorher sage, wie sie abzustimmen haben. Das haben die Funktionäre nicht begreifen wollen. Einer der Typen hat mich dann mehrfach zu Hause besucht und hat händeringend auf mich eingeredet. Dass wir uns doch einig wären, dass wir denunddden loswerden wollen, und dass das nur geht, wenn wir denunddden abwählen, und dafür bräuchten wir dieunddie Stimmen. Ich sag, klar weiß ich das. Aber ich sehe nicht ein, dass diese Jugendlichen nun auch noch als Erstes dieses blöde Spiel lernen sollen.

Da waren die alle tierisch sauer auf mich, nach dem Motto, mit dem Typen läuft wieder gar nichts.
Auf der Bezirksversammlung hat es dann auch dementsprechende Szenen gegeben. Zitting ist irgendwann mitten in einer hitzigen Debatte aufgestanden und hat gesagt, ich wollte nur mal fragen, wann es hier die Gummibärchen gibt. Da haben viele von der ernsten Fraktion ziemlich irritiert geguckt. Selbst diejenigen, die mir sonst immer gratulierten, welche revolutionären Kräfte ich da organisiert hätte. Einer von denen hielt vorne am Rednerpult ne flammende Rede, bis Zitting rief, was redest du, ich versteh kein Wort. Bist du n Studi oder was. Da war er von der Rolle, damit konnte er nicht umgehen.
Selbst Thomas, der uns mit den Seminaren unterstützte, stieß irgendwann an seine Grenze, auf einem Wochenendseminar in Pewsum. Er macht das Programm. Die Geschichte der Arbeiterjugend. Darauf haben die meisten keinen Bock. Er sitzt da mit drei oder vier Hanseln, während die anderen saufen, feiern und Lärm machen. Irgendwann rastet er deshalb aus und brüllt Zitting an. Der ist ja eigentlich friedlich wie n Teddy, wird aber gefährlich, wenn man ihm aggressiv begegnet, während er besoffen ist. Zitting brüllt zurück, ich leg dich um, du blöde Sau, und geht auf ihn los. Da gibts nur noch eins. Ich ziehe ihm die Beine weg, und er knallt voll auf die Fresse. Hat sich aber nichts getan dabei, will immer noch kämpfen.
Thomas hat dann die ganze Nacht mit mir diskutiert. Dass das doch nicht ginge mit der Truppe. Ich hatte den Standpunkt, du musst dich mit deinen Ansprüchen in den Hintergrund stellen, dann kommt auch was, womit du arbeiten kannst. Das ist das Prinzip, nicht hingehen und überstülpen. Nicht über die Geschichte der Arbeiterjugend reden, sondern übers Ficken zum Beispiel.

Hab ich auch gemacht. Auf einem Seminar haben wir den Film von Woody Allen gesehen, Was sie schon immer über Sex wissen wollten. Fanden sie toll. War n wildes Wochenende, wo richtig was passiert ist. Da sind die Mädels nach vorne gekommen und haben erzählt. Pia zum Beispiel, die war lernbehindert, das konnte man merken, die hatte Schwierigkeiten, sich zu artikulieren. Kommt an und meint, Alfons, ich will mal mit dir reden. Ralle will immer nur mit mir ficken. Meine Mutter hat gesagt, das ist nicht so gut, wenn ich mit ihm ficken tu, da kommen doch Kinder von. Und er nur, halt die Fresse, Tucke. Ich fick, wann ich will. Aber an diesem Wochenende ist er damit nicht durchgekommen. Die anderen Mädchen haben auch angefangen, dass sie das Scheiße finden, dass die Typen immer nur bumsen wollen, und sie haben auch Namen genannt. Da war echt was los.

Die Gruppe hat ja son Wachstumsprozess durchgemacht. Die hatten zwar nach wie vor ihre Rockermentalität, aber sie waren plötzlich solidarisch untereinander. Auch mit den Mädchen, also sie haben schon anerkannt, dass die auch gute Ideen haben können. Das war nirgends so deutlich wie in diesem Jugendzentrum. Die Atmosphäre dort, die Musik, die da lief, der ganze Lärm, all das war ja eigentlich ein wunderbares Bild dafür, wie Leben in einem Jugendzentrum passieren kann. Die waren ja durchaus kreativ, nicht nur mit ihren Motorrädern, auch andere Sachen, Bastelaktionen, Plakataktionen, Seminare und so. Die Jungs haben da ja teilweise sogar gewohnt, sind gar nicht mehr nach Hause gefahren. Die Mädels blieben manchmal auch da, das hat sich im Dorf natürlich ruckzuck rumgesprochen.

Dem Gemeinderat hat das alles überhaupt nicht gepasst. Die haben dann verschiedene Mittel eingesetzt, um uns da wieder rauszukriegen. Sie haben zum Bei-

spiel andere Gruppen in der Gemeinde gegen uns aufgebracht. Haben denen gesagt, die Räume könnte man doch viel sinnvoller nutzen. Klar, die Feuerwehr wollte schon lange n Raum zum Feiern, da haben die sich gegen uns gestellt. Irgendwann hat uns der Gemeinderat einfach ne Kündigung geschickt. Das Haus müsste aus baupolizeilichen Gründen gesperrt werden, außerdem hätten wir gegen die Ordnung verstoßen undsoweiter.
Zitting und Co. waren total aufgeregt. Endlich haben wir hier einen Raum, und jetzt wollen die uns den wieder wegnehmen. Also das kommt überhaupt nicht in Frage. Die sollen mal kommen, mit denen werden wir schon fertig. Sie waren echt sauer, wollten richtig Krieg.
Als sie später am Abend wieder son bisschen runterkamen, haben wir Pläne geschmiedet. Dabei kam die Idee auf, sich vor der Räumung im Haus anzuketten, das wurde sofort beschlossen. Außerdem haben wir angefangen, Unterschriften für ein Jugendzentrum zu sammeln. Wir wollten ein echtes Jugendzentrum, denn dieses Haus war nicht nur klein, sondern eben auch mitten im Dorf. Wir hatten sone alte Ziegelei anvisiert, die war groß, da hätte alles stattfinden können, Konzerte und so. Wir haben auch Flugblätter und Plakate gemacht, dass wir uns nicht rausschmeißen lassen, weil Jugendpolitik gestaltet sich nicht nach Öffnungszeiten, sondern nach Bedürfnissen.
Als die Räumung anstand, haben wir uns im Haus angekettet. Wir hatten die Presse bestellt, da sind drei Leute gekommen und haben Fotos gemacht. Dann kommt die offizielle Delegation zur Schließung des Jugendzentrums, also Gemeindedirektor, Bürgermeister, zwei Polizisten und ein Typ von der Feuerwehr. Wir stehen da, angekettet, wie die Helden. Wir gehen hier nicht raus. Zitting sitzt auf dem Fußboden, die

Arme wie son Jesus nach oben gekettet, und trötet, mich kriegt ihr hier nicht weg, da müsst ihr mich schon umbringen, ihr Schweine.
Sie kamen jedenfalls nicht rein und sind erstmal wieder abgezogen. Das hat sich natürlich im Nullkommanichts im Dorf rumgesprochen, mit dem Effekt, dass mittags nach der Schule die ganzen Kids ankamen. Das war ja nun interessant, da war auf einmal was los. Ich hab mir n Megafon geschnappt, und wir haben ne Demo zusammengetrommelt. Innerhalb einer Stunde gabs ne Demo mit hunderten von Kids, die durch das Dorf zum Haus des Bürgermeisters marschiert sind. Vor der Tür wurde dann skandiert. Der Bürgermeister hat die Bullen gerufen, da kamen die beiden Heinis wieder an. Sie dürfen hier nicht sein. Aber da kam von den Jugendlichen gleich der Spruch, wer will denn das wissen. Und es wurde weiter skandiert. Schließlich musste der Bürgermeister doch rauskommen und sich den Leuten stellen. Aber der Typ hat sich überhaupt nicht auf eine Diskussion eingelassen, der ist völlig ausgerastet. Hat über mich geschimpft, ohne Ende. Ich würde die ganze Gemeinde terrorisieren, hätte alle aufgehetzt, aber er würde hier Ordnung schaffen, selbst wenn er das Haus gewaltsam räumen lassen müsste. Daraufhin haben die Kids ihm gesagt, wenn Sie das machen, dann ketten wir uns auch an. Das ist dann auch passiert. Die Kids sind zurück zum JZ gegangen und haben sich der Besetzung angeschlossen. Zitting und Co. waren die Größten. Sie hatten da den Staatsstreich schlechthin gemacht.
Der Gemeinderat war sowas von außer sich. Der Bürgermeister hat die Bezirks-SPD eingeschaltet. Die haben versucht, über die Falken Einfluss zu nehmen, dass dieser Kujat da weggemacht wird. In den nächsten Tagen wurde ich laufend von Leuten aus dem Bezirksvorstand der Falken angerufen. Was ist denn da

los, so geht das nicht, das sind Genossen, ihr müsst euch da entschuldigen. Da hab ich gesagt, wie kommen wir denn dazu, dass wir uns noch entschuldigen sollen, wenn die ne Scheiß-Politik machen und sich noch nicht mal an ihre eigenen Beschlüsse zur Jugendpolitik halten. Wir brauchen Unterstützung, also habt doch mal n Arsch in der Hose und steht dazu. Nein, Alfons, das geht auf keinen Fall, das eskaliert ja alles. Nichts eskaliert hier, kann ich ja nur drüber lachen, das ist doch alles ganz friedlich. Naja, jedenfalls bekam ich ne Abmahnung.
Wir haben dann über einen linken Lehrer im Gemeinderat eine Eingabe vorbereitet, dass ein Beschluss gefällt werden sollte, ob die Gemeinde Hinte ein Jugendzentrum benötigt oder nicht. Wir hatten eine kleine Umfrage an den Schulen gemacht, ob Bedarf besteht, und im Flächennutzungsplan nachgesehen, wie viele Jugendzentren in einer Gemeinde bei wie vielen Einwohnern nötig sind. Es war ganz eindeutig, es fehlte an allem in dieser Gemeinde. Aber die SPD-Mehrheit hat eine Abstimmung blockiert, der Antrag wurde einfach vertagt.
Daraufhin hab ich eine Satire geschrieben. Hab den Briefkopf des Gemeinderates genommen und einen Brief an die Einwohner der Gemeinde Hinte aufgesetzt. Darin hieß es, dass sich der Gemeinderat nicht in der Lage sehe, über ein Jugendzentrum abzustimmen. Daher seien alle Einwohner aufgefordert, unter der Telefonnummer der Gemeinde ihre Meinung zu einem Jugendzentrum abzugeben. Unterschrieben habe ich mit J.Z. Niemals, J.Z. Ablehner, J.Z. Sowiesonicht. In der Gemeindeverwaltung haben sie daraufhin innerhalb von drei Tagen über vierhundert Anrufe gekriegt. Hinte war nun eben auch n Dorf, wo die Leute diesen Brief lesen und meinen, sie müssen da tatsächlich anrufen.

Das Ergebnis war, dass mich der Gemeinderat wegen Urkundenfälschung vors Gericht gebracht hat. Das ging so weit, dass ich in der ersten Instanz zu acht Monaten Knast verurteilt worden bin. In der Emder Zeitung wurde ich als Schwerverbrecher dargestellt, der zusammen mit einer Rockerbande systematisch Urkundenfälschung betreiben würde. Richtig so mit Verbrecherfoto. Ich kann mich noch erinnern, dass der Journalist gesagt hat, er wollte das mit Bild bringen. Er hat mich vor ne weiße Wand geschoben, ich hab irgendwie doof geguckt, und er hat mich schräg von unten abgelichtet, damit ich auch wirklich mies aussehe. Vor dem Landgericht in Aurich hat mich dann Gerhard Schröder verteidigt. Der Kanzler hat ja damals noch als Anwalt gearbeitet. Er hat die Anklage als lächerlich abgetan und innerhalb von fünf Minuten in den Eimer gestampft, weil es sich um eine politische Satire handelte.

Wir haben weitergemacht, sind unter dem ganzen Druck aber doch ganz schön in die Knie gegangen. Während der Prozessgeschichten sind die ja so weit gegangen, dass sie richtige Kampagnen losgetreten haben, nach dem Motto, da würden ein paar Asoziale das ganze Dorf aufhetzen. Teilweise wurden die Eltern eingeschaltet. Selbst die paar linken Lehrer, die uns unterstützt hatten, haben sich irgendwann nicht mehr getraut. Die sind immer vorsichtiger geworden, und als es brenzlig wurde, wollten sie selbst den Disziplinierungsfaktor spielen. Das heißt, der Druck wurde erhöht, immer mehr, bis wir schließlich praktisch ohne Unterstützung, auf einsamem Posten waren.

So deutlich kriegst du das selten serviert, wie da in einer kleinen Gemeinde die Machtverhältnisse laufen, und wie die auch vernetzt sind mit anderen Strukturen. Ich hatte den Sozialdemokraten ja ihre eigenen Pamphlete zur Jugendarbeit vorgehalten. Das hat der Bezirksverband der SPD beschlossen. Wie kann denn jetzt derselbe Bezirksverband gegen Gruppen vorgehen, die genau das fordern. Da kriegst du eben mit, dass es nicht mehr um Inhalte geht, sondern einzig und alleine um Machtstrukturen. Das muss so laufen, nicht anders. Wir wollen das. Wir bestimmen auch, was Jugendpolitik ist. Ortsfeuerwehr. Wir waren ja auch mal jung und wissen Bescheid. Das muss Ordnung haben. Da müssen Grenzen gesetzt werden. Anners goan dej Perden döör. Sonst gehen die Pferde durch. Nichts von dem, was die als SPD vertreten sollten. Nichts. Nur Recht und Ordnung.

Wir haben den Raum noch ne Weile gehalten, aber letztendlich ist der Kampf verloren gegangen, weil die Jugendlichen irgendwann mal die Schnauze voll hatten. Sie waren ja mittlerweile auch älter geworden, haben sich anderen Dingen zugewandt, teilweise auch Lehrstellen angefangen und so. Und der Rummel und die Solidarisierungen waren vorbei, es passierte nichts mehr.

Stattdessen kamen irgendwann Leute von der Feuerwehr, die da auch was machen wollten. Der Raum wäre schließlich öffentlich und könnte von allen genutzt werden. Mit dieser Maßgabe haben die sich da eingenistet. Am Anfang waren es nur so zwei, drei Typen, die regelmäßig vorbeikamen, aber jede Woche kamen mehr dazu, das heißt der Raum wurde ständig kontrolliert. Die haben einfach angefangen, den Raum nach ihren Vorstellungen auszubauen und einzurichten. Damit war auch das Interessante verloren, und das Ordnungsprinzip wurde durchgesetzt. Tatsächlich ist das Ding dann zum Saufraum der Dorffeuerwehr gemacht worden.

## II. Berlin

# Kreuzberg

Kreuzberg war total anders. Halb eingezäunt von der Mauer. Überall besetzte Häuser, Wandparolen, Szenekneipen. Bunte Irokesenpunks und schwarz gekleidete Autonome. An jeder Ecke türkische Geschäfte, arabische Großfamilien und junge Deutschtürken. Ich bin staunend durch die Straßen gezogen. Wow, hier gehts ja ab.
Ich bin da ohne Verzögerung reingetaucht. Fast täglich liefen irgendwelche Solifeten, mit Volksküche, Theateraufführungen, Konzerten undsoweiter. Es gab auch ständig politische Versammlungen, Demonstrationen und Großkundgebungen. Bei jeder Gelegenheit lernte man interessante, ausgeflippte Leute kennen. So habe ich eine Frau getroffen, die mir erzählte, dass sie in einer Kollektivkneipe in der Wrangelstraße arbeitete. Sie hat mich auch gleich zum nächsten Treffen des Kollektivs eingeladen.
Ich habe gedacht, das wärs doch, und bin zu dem Kneipenplenum gegangen. Da saßen elf Leute an einem großen Tisch. Ich hatte erwartet, dass die mich ausführlich zu meinem Beruf befragen würden, aber das ging schnell. Ach ja, Koch. Keine weiteren Fragen dazu. Aber dann kam die politische Befragung, da gings richtig los. Also wie stehst du zur Frauenemanzipation. Was hältst du von Biokost. Wie denkst du über Nicaragua, die Raf, den Rest der Welt. Ich bin ganz schön ins Schwitzen gekommen. Mensch, die sind ja richtig hardcore hier. Aber sie fanden meine Antworten wohl okay, jedenfalls habe ich ihren Test irgendwie bestanden. Ab sofort war ich gleichberechtigtes Mitglied im Kollektiv.
Unser Kollektiv bestand aus zwölf Leuten. Wir hatten son kleines, zweistöckiges Haus, Nähe Schlesisches

Tor. Oben war ne Backstube drin. Unten die Kneipe, hundertzwanzig Quadratmeter, genug für etwa sechzig Leute. War gemütlich eingerichtet, mit Sofas, Sesseln und so. Es gab auch ne Küche, aber was für eine. N winziges Kabuff, da war nur Schrott drin. Zwei Haushaltsherde, an denen von acht Flammen nur noch sechs funktionierten, eine Ofenklappe fehlte. Es gab nicht mal ne Abzugshaube in dem Loch, nichts.

Im Kollektiv regierte die Besetzermentalität, der Laden war ein Treffpunkt für die linke Szene im Kiez, so ne Art Infokneipe. Abends, wenn ihre Sitzungen zu Ende waren, trafen sich hier die verschiedenen Fraktionen. Zum Beispiel die Hausbesetzer, die nen Vertrag machen wollten. Aber auch die andere Fraktion, die Nichtverhandler, die gesagt haben, wir setzen das militant durch. Das ging bis zur Birkenstockfraktion, die sich auch hier getroffen hat. Die Leute haben bald von morgens bis abends in diesem Laden gehockt, weil die Bude, anders als viele besetzte Häuser, beheizt war. Man konnte billig essen und trinken und traf alle Leute, die irgendwie relevant waren im Kiez. Darüber entstanden auch politische Kontakte und Verbindungen.

Durch meine Arbeit im Kollektiv war ich ab sofort immer ausgezeichnet informiert, ich wusste über alles und jeden Bescheid. Ich war total begeistert von der Atmosphäre. Hier sind spannende Leute, hier ist was los. Hier werden auch mal die geistigen Linien übertreten, die man so im Kopf hat, diese ganze Einhaltung von Formalitäten, von gesellschaftlichen Regeln, gewerkschaftlichen Richtlinien, Parteitagsbeschlüssen undsoweiter, wo nichts passiert, weil alles seinen Weg geht. Dieses Korsett wird hier auf einmal durchbrochen. Ich habe bei allem mitgemacht und bin dabei staunend von einem Erlebnis ins nächste getaumelt.

Es kommt zum Beispiel die Nachricht, in der Cuvrystraße sind die Bullen bei ner Fete. Da sind überall besetzte Häuser, und die wollen jetzt wegen Ruhestörung die Anlage beschlagnahmen. Sofort rennen alle aus der Kneipe raus, lassen alles stehen und liegen und sprinten da hin. Innerhalb weniger Minuten ist der halbe Kiez versammelt. Die Bullen sind in voller Montur, kampfbereit, und wollen jetzt die Staatsgewalt durchsetzen. Ich merke, die Leute sind nicht bereit, dass einfach so hinzunehmen. Das habe ich noch nie erlebt. Dreihundert Leute stellen sich vor die Bullen und machen denen klar: Nein. Gibts nicht. Wir wollen feiern, das machen wir jetzt, und wenn ihr euch nicht sofort vom Acker macht, gibts Zoff, dann gibts richtig auf die Fresse.
Da sind die Bullen erstmal abgezogen. Meistens sind sie später mit stärkeren Einheiten wiedergekommen, dann gabs große und kleine Straßenschlachten, mit Siegern und Besiegten. Aber das Entscheidende war, dass nicht sie, sondern wir unseren Kopf durchsetzen konnten.
Oder man hat sich abends in der Kneipe zum so genannten Einklauen verabredet. Dann hieß es, alle Leute, die nichts haben, versammeln sich vor nem Kaufhaus oder nem Supermarkt. Zum vereinbarten Termin stehen da sechzig, siebzig Leute. Es wird abgesprochen, was in den WGs gebraucht wird. Danach gehen alle rein. Einer packt nen Einkaufswagen voll Kaffee, der Nächste einen voll Tabak und Zigaretten, der Dritte einen voll Gemüse, undsoweiter. Schließlich versammeln wir uns vor einer Kasse und marschieren geschlossen durch, hintereinander. Als der Erste an der Kassiererin vorbeiläuft, dreht sie sich um, guckt ihm nach und sagt, he, Sie haben noch nicht bezahlt. In dem Moment kommt schon der Nächste an ihr vorbeigelaufen. Sie ruft nervös, aber wo wollen sie denn

hin, das geht doch nicht, halt, Moment. Daraufhin kommt der Marktleiter, stellt sich uns in den Weg und meint, Sie müssen hier bezahlen. Dann bauen sich ein paar von uns vor ihm auf und sagen, Alter, das ist doch wohl nicht dein Ernst. Und ab dafür. Draußen steht n Bulli, der wird in Sekundenschnelle beladen und fährt gleich wieder ab, die Leute verteilen sich, und schon ist der Spuk vorbei.

Das hat richtig Spaß gemacht. Bei derartigen Aktionen merkst du ja, dass die immer nur damit rechnen, dass Leute individualisiert, höchstens mal zu zweit oder dritt solche Sachen machen. Das ganze System basiert darauf. Aber wenn sone große Gruppe geschlossen auftritt, ändern sich auf einmal die Spielregeln. Dann latscht du einfach aus dem Supermarkt. Ich zahle nicht, fertig. Und außerdem, ich habe das Recht dazu. Also wir hatten ja nicht das Gefühl, etwas Unrechtes zu tun, sondern dass wir uns nur das holen, was uns sowieso zusteht. Genau wie die Häuser. Das war der Konsens, auch im Kollektiv.

Die Arbeit im Kollektiv war ebenfalls etwas Neues. Hier gab es keine Vorgesetzten, alles war demokratisch organisiert, es herrschte volle Mitbestimmung. Jeder konnte alles einbringen, darüber wurde diskutiert, abgestimmt, und dann wurde das durchgezogen. Ich hab mich da voll reingehängt.

Jeden Montagabend war Plenum, da wurden die Entscheidungen getroffen. Als Erstes wurde ne Tagesordnung gemacht. Der erste Punkt war immer, wie sieht die geschäftliche Lage aus. Also die war immer sehr angespannt. Wir haben uns am Anfang deshalb nur zwischen vierzig und sechzig Mark pro Schicht bezahlt. Das war so wenig, dass wir im Kollektiv beschlossen haben, wer arbeitet, darf frei saufen, frei fressen, frei rauchen. Diese Vorteile braucht man aber auch, man arbeitet schließlich wie ein Tier. Kein Unterneh-

mer hätte das mit mir machen können, was ich da mit mir gemacht habe.
Unsere Bürofrau hat auf jedem zweiten Plenum die finanzielle Gefahr groß an die Wand gemalt, so dass das ganze Kollektiv am Tisch richtig einsank. Also das geht alles nicht mehr, unmöglich, wir sind wieder an einem Stand, wo wir unsere Zahlungen nicht leisten können, wir leben über unsere Verhältnisse. Das war auch tatsächlich so. Die hatten überall Kredite aufgenommen und möglichst nicht zurückgezahlt. Das Netzwerk hatte zum Beispiel Kohle gegeben, als Anschubfinanzierung. Die standen dann natürlich irgendwann auf der Matte. Eh, Leute, wir haben euch hier drei Jahre lang Kohle gegeben, jetzt müsst ihr langsam auch mal was abdrücken. Aber wir hatten das Geld natürlich längst ausgegeben. Man will ja auch leben. Und zwölf, später sechzehn Leute mit sonem Laden durchzufüttern, das war schon heftig. Wir mussten richtig Geld scheffeln. Wir hatten auch total viel Umsatz, haben aber auf der anderen Seite, weil wir alle lustig-fröhlich in unseren experimentellen Phasen waren, auch wahnsinnig viel Knete rausgeballert. Das bedeutete dann: verkaufen Tag und Nacht, der Laden war praktisch vierundzwanzig Stunden geöffnet. Ich hatte gerade die Speckschürze abgehängt und versucht, in Ruhe n Brötchen zu essen, da trommelten schon wieder Leute draußen ans Fenster. Mach mal auf, Frühstück.
Ich selber war ja auch gerade in soner Befreiungsphase. Also ich bin in den ersten eineinhalb Jahren Tag und Nacht wach gewesen, ich weiß nicht, wann ich da geschlafen habe. Ich bin in sonem Rausch durch die Welt gerannt. Hier passiert das, wozu ich Lust habe. Dazu gehörte natürlich auch Kiffen, Saufen, man wollte ja nicht nur ackern. Nur der Unterschied bestand darin, dass einige nur gesoffen, ge-

raucht und das Leben genossen haben, während andere beides gemacht, also auch geackert haben.
Unsere Strukturen waren dementsprechend. Wir haben jegliche Bürokratie zutiefst verachtet und immer wieder gesagt, was solls, läuft schon irgendwie, wir kommen klar. Bis wir wieder von den finanziellen Horrorszenarien aufgerüttelt wurden. Dann ging das los am Tisch. Die Bürofrau meinte, jetzt müssen wir Geld einsparen. Also Tom, du zum Beispiel hast an einem einzigen Abend sechundzwanzig halbe Liter Bier getrunken und drei Essen bestellt, hast deine Freunde noch mit eingeladen, das geht nicht. Dann kam von allen Seiten Zustimmung. Nee, klar, das geht nicht. Es wurde beschlossen, dass wir uns einschränken. Also wir versuchen diesen Monat mal, dass die Leute ihre Zigaretten selbst bezahlen. So. Aber das hat natürlich kein Mensch gemacht. Man versuchte es halt, aber es ging nicht.
Ein anderes heißes Thema, über das wir leidenschaftlich diskutiert haben, war Musik. Welche Musik wird in dem Laden gespielt. Danach wurden irgendwann sogar die Schichten eingeteilt, weil es zu schweren Auseinandersetzungen bis hin zum Ausfall der Gerätschaften führen konnte, wenn zwei Leute mit unterschiedlichem Musikgeschmack zusammen arbeiteten. Die haben sich dann teilweise gegenseitig die Kassetten aus den Händen gerissen, die Musik abgestellt und so. Sonja zum Beispiel war ne begeisterte Anhängerin von Hans Albers, das hat natürlich zu ernsten Konflikten geführt. Albers war ja nun auch nicht ganz sauber, und den nun gerade in sonem autonomen Laden zu spielen, hat manche ganz schön aufgeregt. Ich hab mich darüber nur totgelacht.
Wir hatten ja den Anspruch, die Kneipe ist ein politischer Treffpunkt, ein linkes Kommunikationszentrum. Darüber wurde auf dem Plenum immer am längsten ge-

redet. Wie können wir unsere Infrastruktur besser nutzen. Also was in diesem zweistöckigen Gebäude an Arbeitsplätzen geschaffen worden ist, war unglaublich. Es gab keinen Quadratzentimeter, der nicht genutzt wurde. Da stand das Kopiergerät neben dem Ofen, in dem der Kuchen gebacken wurde. Und der Politnix, der abends die Tresenschicht machte, haute gleichzeitig die Pamphlete durch den Kopierer, das lief ja alles parallel. Ganz wichtig waren die aktuellen politischen Ereignisse, auf die man reagieren musste. Dann gabs die Diskussionen, demnächst ist Demo, was machen wir dazu. Irgendeine Demo war eigentlich immer vorzubereiten. Wir haben die politische Begründung der Veranstaltung diskutiert, unser Demoverhalten abgesprochen und Kleingruppen eingeteilt. Dieser Teil des Plenums wurde sehr ernst genommen und konnte Stunden dauern.
Ziemlich prägend für das Kollektiv war eine kleine Demonstration auf dem Kudamm zum Thema Volkszählungsboykott. Es sind vielleicht tausend, fünfzehnhundert Leute da. Die Kundgebung geht schon über zwei Stunden. Irgendwann wollen die Bullen das Ganze beenden und fangen an, uns abzudrängen. Aus unserem Lautsprecherwagen kommt daraufhin die Anweisung: Leute, bildet Ketten. Wir haken uns ein, nach dem Motto, das lassen wir uns nicht bieten, es ist unser demokratisches Recht, hier zu stehen. Wir haben uns völlig korrekt verhalten, es ist ja auch noch gar nichts passiert.
Doch nun kommen die Bullen und wollen uns aufs Maul hauen. Ein Bulle hält mit nem Feuerlöscher drauf, den er auf den Rücken geschnallt hat, sprüht uns total voll. Das macht uns schon mal stinkig. Dann rücken die anderen Bullen nach und fangen an, mit ihren Knüppeln auf die Leute in der vorderen Kette einzuprügeln. Wir ducken ab, die Zähne zusammen-

beißen, Augen zu und durch. Aber die prügeln ohne Ende, hören nicht mehr auf. Das ist schon ne harte Situation. Tut ja tierisch weh, ich hab immer mehr Schmerzen, auf dem Rücken, auf dem Nacken, auf dem Kopf, überall. Und die prügeln und prügeln. Einige von uns bluten schon, aber wir stehen noch, die Kette hält. Je länger das dauert, desto mehr fühle ich, wie Aggressivität und Wut in mir aufsteigen. Irgendwann komme ich an den Punkt, wo ich dem Bullen vor mir eigentlich nur noch auf die Fresse hauen will. Aber ich hab immer noch diese Warnung im Kopf. Moment, wenn ich den haue und die kriegen mich, gehe ich in den Knast.

An diesem Tag ist es dann passiert. Nachdem die uns tierisch verprügelt haben, entsteht irgendwann sone Situation, wo wir uns auf einmal sagen: Nee. Also wir haben keinerlei Anlass dafür geboten, wir sind im Recht und lassen uns das nicht gefallen. Es reicht, jetzt aber drauf. Tom, der neben mir steht, löst sich mit einem Arm aus der Kette und drischt dem Bullen gegenüber voll ins Visier, so dass der hintenüber fällt und erstmal platt ist. Das ist der Befreiungsschlag. In dem Moment stürmen plötzlich alle vorwärts und kloppen los, aber ohne Ende. Jetzt wird richtig ausgeteilt, weil jeder weiß, es ist sowieso egal. Wenn sie mich kriegen, okay, fahre ich halt ein, aber dann muss es sich wenigstens gelohnt haben.

Dabei merken wir schnell, dass die Bullen gar nicht so stark sind, wie sie aussehen. Dass sie im Grunde genommen nur die psychologische Übermacht bilden, weil sie sehr geschlossen wirken und in diese Gummipanzer, diese Gestelle eingepackt sind, so dass selbst der magerste und schwächlichste Hering erstmal gewaltig aussieht. Aber wenn man den anfasst, sackt er plötzlich zusammen, aus der Uniform geht richtig die Luft raus.

Durch diesen Tabubruch komme ich richtig in sonen Rausch rein, werde völlig euphorisch, kriege auch meine Verletzungen gar nicht mehr mit. Ich bin wild entschlossen: Jetzt machen wir das hier klar. Bei normalem Verstand würde man sich sagen, völliger Blödsinn. Aber es gibt wohl in jedem Menschen so einen Punkt: bis hierhin und nicht weiter. Sone Art Überlebensmechanismus. Ich habe das selbst bei christlichen Leuten erlebt, in Gorleben, die ganz friedfertig und gewaltlos sein wollten. Aber als sie dann bei der Sitzblockade von den Hamburger Bullen stundenlang auf die Schnauze gekriegt haben, war Schluss mit Pazifismus. Da waren sie nur noch sauer und haben geschäumt wie jeder andere auch.
Entscheidend ist in solchen Situationen allerdings, dass man sich zum richtigen Zeitpunkt zurückzieht. Damals hab ich das noch nicht gecheckt. Nachdem wir die Bullen in die Flucht geschlagen haben, bin ich wie son Blinder übern Kudamm marschiert, Brust raus, wir haben hier jetzt gewonnen. Aber die anderen sind schon weg. Nur ein kleines Häuflein von vielleicht fünfzig oder sechzig Leuten stolziert immer noch über den Kudamm und denkt, wir sind die Größten, wir habens. Bis dann auf einmal die Bullen um die Ecke kommen. Die sind jetzt richtig heiß. Nehmen mich nicht fest, sondern versohlen mir den Arsch, aber heftig, mit sechs Bullen auf einmal, und richtig nachtreten. Sind völlig weg von jeder Rechtsstaatlichkeit, voll auf Bürgerwehr, da gibts echt auf die Fresse. Dann machen sie mir klar, wir kennen dich, und sehen wir dich noch ein Mal, wirds noch viel schlimmer.
Über diese Geschichte haben wir im Kollektiv viel diskutiert. Sone total unberechtigte polizeiliche Prügelorgie führt ja emotional nicht gerade zur Mäßigung. Näher lag eine Radikalisierung, die überall im Kiez Bestätigung fand. Wir hatten ja auch unsere eigenen

Medien, die laufend über solche Schweinereien berichtet haben. Die taz gehörte teilweise noch dazu, es gab zwar dauernd Kritik, aber trotzdem. Dann gabs die Interim als wöchentliches Info, die Monatszeitschrift SO 36 und ne Vielzahl von radikalen Blättchen, die in den Kreisen der Besetzer zirkulierten. Die wurden alle bei uns in der Kneipe verkauft, es gab reichlich Material, du warst immer gut gefüttert. In all diesen Blättern wird ja nun das ganze Elend der Welt ausgiebig dargestellt, da wird nichts ausgelassen, das ist total selbstagitatorisch. Da findet ne Beeinflussung statt, die du aber nicht als solche erkennst, wie unter ner Glocke. Durch all diese Informationen und Darstellungen kannst du leicht in son Vakuum geraten, in dem du alles andere, was draußen passiert, nur noch als Lüge wahrnimmst.

Und dann war da die Dramatik, die sich in den Versammlungen abspielte, wo dir die Leute nahe gebracht haben, wie böse diese Staatsmacht ist. Gerade, wenn es um die Raf-Gefangenen ging. Die Frage der Raf-Gefangenen spielte in der Szene ja überhaupt ne große Rolle. Dass die in den Zellen hocken ohne Ende, dass die da gefoltert werden, das war noch sehr emotional zu dem Zeitpunkt. Wie in dem Demospruch: Wir sind nicht alle, es fehlen die Gefangenen. Wir kannten ja auch Leute, die im Knast saßen, nicht unbedingt Raf-Leute, aber Paragraf 129, schwerer Landfriedensbruch und so. In diesem Milieu konnte man leicht radikalisieren. Ich habe einige gesehen, die in den Untergrund gegangen sind, das war irgendwie immer ne Option in der Szene. Da wurde gesagt, ihr steht in Wackersdorf und geht mit Mollies gegen Betonwände vor. Ist doch völliger Quatsch, ist nichts weiter als ne hilflose Bezeugung dessen, was man gerne tun würde. Also warum gehen wir da nicht hin und sprengen diese Wände weg. Und sind konsequent.

Diese Haltung hat sich auch in den Strukturen niedergeschlagen. Also damals hätte keiner von uns ner Zeitung ein Interview gegeben oder wäre gar vor die Kamera getreten. Es gab in den Hardcore-Truppen, denen ich zeitweise angehörte, auch die Theorie, überall sind Zivis. Bei denen war es so, wenn da mal ein BMW zwei Stunden vor dem Wohnblock stand, wurde der schon verdächtigt, das Fahrzeug wurde genau beobachtet. Man verabredete sich am Telefon nur auf Stichwort, ohne konkrete Angaben. Die Versammlungen waren geheim, man wurde zu irgendwelchen Treffpunkten mitgenommen. Diese Treffen fanden oft im Wedding statt, weil das abgelegen war von der Szene. Da hieß es dann, wir müssen handeln, wir müssen dieunddie befreien, wir machen aus denundden Gründen dieunddie Aktion. Mir kam das so vor, dass die sich zu wichtig genommen haben. Ich mich auch. Oh, ich bin so wichtig, ich bin kurz davor, in die Illegalität zu gehen und die Auseinandersetzung mit dem Staat zu suchen.
Sone Stimmung wurde auf den Versammlungen ja auch immer wieder bestätigt. Zum Beispiel bei den Treffen im Mehringhof, das waren offene Plena, da konnte jeder hingehen. Die Autonomen hatten ja keine offiziellen Führungsstrukturen. Es gab Leute, die was gemacht haben, die das auch inhaltlich aufbereitet haben, und dann wurde darüber beraten. Das war immer schwierig, weil da die verschiedenen Fraktionen aufeinander geprallt sind. Es gab die reinen Hausbesetzer, Frauengruppen, Anarchosyndikalisten, Antifa undsoweiter. Und wir wollten ja keinen Dogmatismus. Später hat es das aber doch gegeben, mit den Antiimps. Ständig dieses Schuldgefühl, das die vor sich her getragen haben. Das Elend der Dritten Welt beklagen war ja schon berechtigt. Aber mir erschien es nicht lebenswert, mir jetzt n Kreuz auf den

Buckel zu nageln und zu sagen, wir sind die Bösen. Wir sind die Bösen, weil wir hier geboren sind, weil wir weiß sind, und mit diesem Schuldgefühl hecheln wir jetzt durch die Welt und machen jeden an, der das nicht eingestehen will. Psychologisch führt das ja oft genug zu Depressionen, die waren ganz ausgemergelt und haben das auch ausgestrahlt. Das ist im Grunde alles total protestantisch.
Emotional engagiert waren auch die Migrantengruppen, die kommunistischen Gruppen der Türken, die ne unheimliche Power hatten, aber teilweise knallhart stalinistisch waren. Das führte immer wieder zu Reibungen. Die autonomen Strukturen waren ja um die Besetzerszene herum entstanden und längst nicht so strukturiert wie diese K-Gruppen. Die wollten immer nur was beherrschen. Sind zu den autonomen Versammlungen mit Leuten anmarschiert, die ihre Mao-Bibel auswendig gelernt hatten. Wie der Pfarrer, der immer Sieger ist, weil er die zehn Gebote auswendig kennt und dir dauernd um die Ohren haut, so waren die mit ihrer Mao-Bibel. Also du versuchtest gerade, in einem mühsamen Prozess eine Entwicklung zu erfassen und daraus ne Aktion zu entwickeln. Aber die hatten immer schon alles fertig. Standen auf und sagten, wir sind der Meinung, dass. Wenn du dann dagegen redetest, kam aus der einen Ecke n Aggressiver, der gleich mit drohendem Unterton den Verrat witterte, und wenn der keinen Erfolg hatte, kam aus ner anderen Ecke ein vorinszenierter weicher, vermittelnder Typ, undsoweiter. So hatten die das oft genug ruckzuck im Griff, weil die Anarchos das natürlich nicht so gut hingekriegt haben. Wir haben uns n paar Mal ganz schön übern Tisch ziehen lassen. Wo ich plötzlich auf ner Demonstration gestanden und die Fresse voll bekommen habe, ohne Ende, und mich gefragt habe, ob das nun mein Ansatz ist.

Also diese Maoisten konnten unendlich nerven. Am schlimmsten waren die von der Rim, der Revolutionary International Movement. Eine Frau von denen tauchte regelmäßig dienstagabends um acht in unserer Kneipe auf. Die ging mir so dermaßen auf die Eier, dass ich schon versucht habe, da keine Schicht mehr zu machen. Sie marschierte ein, baute sich mitten im Laden auf und hielt ne Rede, mit einer schrillen, durchdringenden Stimme, die bis ins Mark ging. An den Tischen haben sich die Leute weggeduckt. Ja, du musst sie reden lassen, du musst es ertragen, aber du findest es grausam. Sie spricht nur von Härte, Disziplin, Ordnung, Geschlossenheit. Alles autoritär, militärisch, aber schön auf die eigenen Kosten, also die Selbstgeißelung ist schon mit drin im Eintrittspreis. Sie steht da mit ihren Pamphleten und haut sich ständig selber auf den Kopf, stundenlang. Am Ende dann die Aufforderung, Ich verlange von euch, dass ihr alle da seid, wir müssen diesem Staat die Maske von der hässlichen Fratze reißen. Und alle, erleichtert, ja klar, Recht hat sie.

An einem solchen Dienstag habe ich nachts einen Gast kennen gelernt. Er hieß Kalle, hatte früher Philosophie studiert. Ein träumerischer Typ, der immer mit langen Haaren und langem schwarzen Mantel durch die Gegend schlich, sehr leise, wie son Dichter aus vergangenen Zeiten. Er hat auch gekifft und jeden Tag seine zwei oder drei Gramm weggemacht.

Wir sitzen mit breitem Kopf am Tresen und er erzählt von seinen Plänen. Er wolle in Kreuzberg ne Theatergruppe gründen, hätte auch schon ein Theaterstück geschrieben, das heiße der Professor und die Primadonna, spiele an der Berliner Mauer und drehe sich um das Glücksprinzip. Dieses Stück sei für sechzehn Leute geplant, plus Band. Also Gigantismus machte uns zu diesem Zeitpunkt ja überhaupt nichts aus, im

Gegenteil. Im bekifften Kopf entsteht ruckzuck ein riesiges Projekt.
Wir haben dann ein Treffen organisiert, in Schöneberg. Auf diesem Treffen waren ungefähr zwanzig Leute, und alle wollten Theater machen. Klar, wir machen das, wir werden jetzt ne Theatergruppe, geil. Dann verabschiedete man sich wieder, und das wars. Monatelang lief nichts, es war erstmal Ruhe, man hat wieder gut gekifft.
Irgendwann hieß es dann, nun aber ran. Kalle hat nen Seiltänzer angeschleppt, der hieß Kai, n ganz verrückter Typ. Der hatte diesen Roman von Jean Genet gelesen und spontan beschlossen, ich lerne Seiltanzen und mache aus diesem Roman ein Stück. Das ist ja schon der Irrsinn schlechthin, also Seiltanzen lernen ist ein unglaublicher Akt, er hat Jahre dafür gebraucht.
Kai wurde nun angeheuert, um uns zu trainieren, körperlich fit zu machen. Wir waren ja alle Besetzer, Kiffer, Säufer, also schon gut angeknabbert. Mitten im Dezember haben wir uns in einem besetzten Haus in der Manteuffelstraße getroffen, in einem großen Raum mit nem winzigen Ofen. Bei der ersten Probe waren es drei Grad in der Bude. Und Kai wollte nun harte körperliche Übungen mit uns machen. Da kam nicht unbedingt Stimmung auf, also der kreative Aspekt blieb uns in den Knochen stecken. Mit diesem Typen in soner arschkalten Bude Übungen zu machen, darauf hatte niemand Bock. Zur nächsten Probe kamen nur noch ne Hand voll Leute.
Nach dieser Probe sitzen Sigi, Kai und ich im Kollektiv am Tisch und sinnieren, wie wir diesen Sauhaufen wieder zusammenkriegen. Kai meint, er habe von einer Fabriketage gehört, die gerade frei werde. Dreihundertfünfzig Quadratmeter, im vierten Stock, direkt über der Spree, wo man alles hätte, genug Räume, ne

schöne große Küche und einen Probenraum von hundert Quadratmetern. Wirklich fantastisch.
Wir sind sofort begeistert. Niemand spricht über den Preis. Kais Motiv ist mir erst später klar geworden. Der wollte unbedingt in diese Fabriketage, weil er da sein Stahlseil spannen und seine Übungen machen konnte. Deshalb war ihm das unglaublich wichtig, dass irgendwelche Leute diesen Wahnsinn mitmachten und diese Fabriketage anmieteten.
Wir haben uns die Etage angeguckt. Das war ne unglaubliche Dreckshöhle, alles versifft und verklebt. Da musste noch viel gemacht werden. Aber es gab in jedem Zimmer, ringsum, drei Meter hohe Fenster, total viel Helligkeit, Licht, direkt über der Spree, also sowas findest du in Berlin nicht so schnell noch mal. Und naiv, irrsinnig, wie wir waren, sagen wir, ja klar. Kostet ja nur zweitausenddreihundertfünfundfünfzig Mark. Kalt. Das war finanziell völliger Irrsinn, aber wir waren fest davon überzeugt, dass wir jetzt das erste Mal n Theaterstück machen, und das wird sone Bombe, dass ganz Berlin Kopf steht. Im Wissen darum, dass wir Stars werden, dass der ganz große Durchbruch unmittelbar bevorsteht, beschließen wir deshalb, wir mieten den Kasten, logisch.
Ab sofort gings uns finanziell total dreckig.
Wir haben angefangen, die Etage sauber zu machen und zu renovieren. Hat auch ganz gut geklappt, war aber teuer. Immerhin hatten wir jetzt bei den Proben genug Leute, die mitmachen wollten. Es war ja warm und gab immer was zu kiffen, Musikinstrumente, man machte Sessions ohne Ende. Anschließend konnten wir dann am nächsten Morgen zu viert den Dreck wieder wegräumen. Aber unser Ideal war ja, wir machen Volkstheater, also das Volk ist immer mit dabei. Und es kam ne Menge Volk. Alles Leute, die angeblich ne unheimliche Erfahrung hatten, wir hatten ja nur mit

erfahrenen Leuten zu tun. Die haben über Theater philosophiert, als hätten sie nie etwas anderes gemacht.
Für die Produktion musste laufend Geld ran. Kalle hatte ne Erbschaft gemacht und die zwanzigtausend Eier siegessicher, wie wir waren, in dieses Stück investiert. Er hat auch noch Regie geführt, wo ihm dann einiges entglitten ist, wie uns allen. Mit dem Geld haben wir zunächst eine acht Meter lange und drei Meter hohe Original-Mauer nachgebaut, aus Holz. Die war so gebaut, dass da riesige Klötze dran waren, damit das Ding nicht umfiel, weil man darüber klettern musste. Man wechselte über Strickleitern von Osten nach Westen und umgekehrt, also das Stück war völlig irre. Ein absurdes Stück über den Wahnsinn dieser Mauer, den Irrsinn der Generäle und ne Wunderpille, die alle haben wollten.
Angelockt vom Geld tauchten bei uns auch Leute auf, die in der Szene schon was galten, die ihre ersten Erfolge gehabt hatten. Die zum Beispiel ganz tolle Plakate gemacht haben. Damit haben dieunddie Leute Erfolg gehabt, nur wegen des Plakats. Ist verdammt teuer, aber dann habt ihr DAS Plakat. Logisch, dann müssen wir das haben. Daraufhin wurde einem Plakatmaler in Bremen der Auftrag erteilt, n Plakat zu entwerfen, das hat alleine mehrere tausend Mark gekostet, es war der Irrsinn.
Das viele Geld war schnell weg. Wir hatten ja keinerlei Ausrüstung, mussten alles anschaffen, von Scheinwerfern über Kostüme bis zu Musikinstrumenten. Das lief so. Weil wir zum Beispiel einen Saxofonisten ohne Saxofon hatten, haben wir halt n Saxofon gekauft. Das war die Haltung. Damit haben wir die Kiezszene ganz schön bereichert. Es kamen immer mehr Leute, die noch etwas anzubieten hatten. Uns war das egal, denn wir wussten, wir kriegen das alles wieder. Keine

Frage. Selbst wenn wir nur damit rechnen, dass jeder, den wir kennen, zur Aufführung kommt, sind wir fein raus. Alleine du, Alfons, alle kennen dich. Klar, ich hab das irgendwann auch geglaubt.
Es war nachher ein Haufen von fünfundzwanzig Leuten, von denen sechzehn auf der Bühne standen, drum herum nochmal ungefähr zwei Dutzend Leute, die uns irgendwie zugearbeitet haben. Wir haben ja im Freundeskreis, im Umfeld eine Zuversicht ausgestrahlt, dass wir alle Leute damit angesteckt haben. Also unser Anspruch, hier in Berlin, bei der Konkurrenz, das war ne Kackfrechheit.
Kurz vor der Premiere sind wir alle pleite, haben zeitweise kaum noch was zu fressen, weil alles Geld direkt in dieses Stück geht. Langsam wird auch die Stimmung nervöser, gereizter. Es geht ja nun auf die Premiere zu, und wir merken bei den Proben, dass das auf der Bühne alles noch nicht so richtig läuft. Wissen aber auch nicht, was wir machen sollen, haben ja noch nie Theater gespielt. Nur Kalle hat sein Bild im Kopf, der kennt sich aus, weiß alles, wir glauben alle fest, der macht das seit hundert Jahren. Er malt dann mit Kreide Pfeile und Linien auf die Bühne, damit die Leute wissen, wer wo langzulaufen hat. Aber anstatt mal eben so locker den Text abzuliefern, geht das natürlich erst recht total schwerfällig. Also ich muss drei Schritte nach links gehen, an dem Punkt warten, bis der andere seinen Text gesagt hat, und dann sprechen. So kommt das auch rüber. Eins, zwei, drei, stehen bleiben, warten, und sprechen. Der Höhepunkt ist, dass wir, weil wir kein Geld mehr haben, zur Premiere in das Kreuzberger Anthroposophenzentrum für Theater gegangen sind. Also dieses Teil ist der reinste Tempel, die Heiligkeit schlägt uns entgegen, wir wagen kaum zu atmen. Die Leute, die da arbeiten, haben alle dieses Nichts im Gesicht, nach

dem Motto, bei mir läuft alles innen ab, ich zeige euch das nicht. Diese Atmosphäre hat sich irgendwann auch in den Wänden festgesetzt.
Nun kommt unser wilder Haufen da rein, will n Kiezstück auf die Bühne bringen und sitzt im heiligen Tempel. Alle werden immer kleiner. Bei den Durchläufen geht das nur noch piepsend. Huch, ich habe was gesagt. Jeder ist nur noch verkrampft. Irgendwann bekomme ich einen Anfall. Was sind denn das hier für Wichser, sone Scheißbude, hier kann doch kein Mensch atmen. Lasst uns abhauen und was anderes suchen. Wir finden aber keine anderen Räume mehr, die wir bezahlen können. Naja, okay, dann bleiben wir halt.
Endlich kommen wir zu unserer Premiere. An dem Abend scheißt sich jeder in die Hose. Wir haben uns ja Unglaubliches zugemutet. Das Stück ist richtig musicalartig, die ganze Musik dabei, es gibt auch kabarettistische, selbst akrobatische Aspekte. In einer Szene trage ich Irma, meine Freundin, auf der Schulter, mit einer Hand, halte in der anderen Hand einen Degen und marschiere so über die Bühne, durch den Saal. In einer anderen Szene hänge ich an der Strickleiter und mache einen Fechtkampf, mit nem blöden Hut auf, son blaues, dreieckiges Barrett mit hellblauen Federn. Ich soll Götz von Berlichingen darstellen, der da plötzlich in Berlin an der Mauer auftaucht. Völlig irre, und das Ganze über zweieinhalb Stunden, also es war n echtes Kifferstück.
Die Szene hat sich an dem Abend totgelacht, selten war etwas so witzig. Die Kiezdeppen sind alle auf der Bühne versammelt, stochern da irgendwie im Theatergenre rum, und einer ist bekloppter als der andere. Die hatten Lachkrämpfe, es gab frenetischen Beifall.
Also die Premiere war fantastisch. Unserer Meinung nach hatten wirs geschafft. Wir waren die Stars. Der

ganze Kiez redete über uns. Wir sind dann am nächsten Abend siegessicher wieder hingegangen. Zweite Vorstellung. Aber verdammt. Am Premierentag wars ja ausverkauft, da waren dreihundert Leute drin, aber nun stehen da fünf Leute vor der Tür und wollen sich n Theaterstück angucken. Und wir mit sechzehn Leuten auf der Bühne. Aber klar, wir spielen, auch vor fünf Leuten.
Die Presse hat uns komplett verrissen. Wir haben das Stück zwei Wochen lang gespielt. Es waren mal zwischen zwanzig und dreißig Leute da, das war so der Höhepunkt, dann wars das. Schluss, aus, fertig, Schulden bis obenhin. Wir haben nur noch gekifft und drüber abgelacht, nach dem Motto, nach uns die Sintflut. Man traf sich noch ein Mal. Kalle meinte, meine Erbschaft, die zwanzigtausend, die sind da drin. Dann fing das an, aber du wolltest doch das Stück machen. Also keiner wollte verantwortlich sein, alle standen mit ihren Schulden da und meinten, lass mich in Ruhe. Letztlich blieb nur die Viererbande übrig, die diese gottverdammte Etage gemietet hatte.
Dann kam ein knallharter Winter. Wir hatten kein Geld, kein nichts mehr, auch nicht zum Heizen, die Riesenwohnung war arschkalt. Das war kein Spaß. Wir haben versucht, Leute einziehen zu lassen. Die kamen anmarschiert, mit soner Klappe, aber am Ende stellte sich heraus, sie waren auch nur arme Willis, die finanziell nichts beitragen konnten. Weil es immer weniger zu Kiffen gab, brachen irgendwann auch die täglichen Besuche ab. Was sonst funktionierte, dieses gegenseitige Füttern, das lief nicht mehr.
Also Überlebensprinzip, man geht so viel ackern wie möglich, um die Schulden und diese Etage zu bezahlen. Das bedeutete, dass ich jetzt wieder Tag und Nacht in der Kneipe stehen musste. Das war ja im Kollektiv auch möglich, man konnte sechs Schichten

arbeiten oder auch bloß eine. Es gab Leute, die hatten genug Geld, die haben nur ein oder zwei Schichten gemacht, besaßen aber dieselben Einflussmöglichkeiten auf das Kollektiv. Und das konnte echt nerven. Ich hab jeden Tag acht oder zehn Stunden geackert, brauchte dringend das Geld, und die sagten locker, ich hab mein Bafög, oder meine Eltern, oder ich hab dasunddas, dazu kann ich noch n paar Mark gebrauchen, außerdem will ich mich politisch betätigen, und deshalb möchte ich ins Kollektiv einsteigen. Das führte immer wieder zu Auseinandersetzungen, wie viel Einfluss hat jemand, und wie viel arbeitet der eigentlich. Es gab nachher regelrecht Kämpfe um die Schichten. Am Wochenende wollte grundsätzlich keiner arbeiten, weil der Laden dann bis zum Rand voll war und es sonntags außerdem ein riesiges Frühstücksbüffet gab, dessen Zubereitung richtig Arbeit war. Das war n harter Konflikt, der ging bis in die Gefechtsebene. Da flogen auch schon mal Gläser, wenn man zum Beispiel mitbekommen hat, dass Kollege X seit Monaten viele Schichten gearbeitet hat, aber nie am Wochenende. Und den anderen blieben nur noch die beschissenen Wochenendschichten. Wenn dieser Streit losging, zog sich jeder auf sein individuelles Bedürfnis zurück, und darum wurde gekämpft bis aufs Messer. Die Erste meinte, ich kann am Wochenende nicht, ich hab ne Beziehung in Westdeutschland und muss da hinfahren. Und dann der Nächste, mein Studium, ich brauche am Wochenende Zeit, um ne Arbeit schreiben zu können. Der Dritte sagte, ich mach ja jetzt Musik, ich muss mir die Wochenenden für Auftritte frei halten. Undsoweiter. Es war ein Riesenkampf, der da untereinander ausgefochten wurde.

Am Anfang hatte ich auf dem Plenum ja immer fleißig mitdiskutiert, war kaum zu bremsen in meiner Euphorie. Ich koche hier für die Besetzer, bin in einem

Kollektiv, in dem wir eine geballte Kraft entwickeln und zeigen, es geht auch anders. Aber im Laufe der Zeit habe ich den Laden kennen gelernt und weiß, was abgeht. Ich kenne mittlerweile die Ebene der Auseinandersetzung, und dass das über Stunden gehen kann, wegen Schwachsinn. Zum Beispiel machen wir nun Windbeutel oder nicht. Darüber kann man sich ja streiten, stundenlang, mit wachsender Begeisterung. Es gab Diskussionen ohne Ende, und dabei war die Stimmung am Tisch immer sehr gereizt, es gab dauernd Konkurrenz, egal welches Thema.

Aber es war ja nicht bloß die angespannte Atmosphäre, sondern auch die allgemein vorherrschende Haltung, die richtig anstrengend werden konnte. Ich bin ja n direkter Typ, hatte immer frei geredet, aber das musste ich mir hier verkneifen. Es gab bestimmte Dinge, die ich unter Gewerkschaftern locker erzählen konnte, von Zitting und Co. mal ganz zu schweigen, die wurden in den autonomen Zusammenhängen nicht gern gehört. Selbst Witze über die eigene Szene, es gab etliche Leute, die sich darüber nicht amüsieren konnten. Da wurde richtig Druck ausgeübt, es musste alles politisch korrekt sein. Das galt übrigens für den ganzen Kiez. Wir waren ja so sauber.

Es gab später sogar ne so genannte Kiezmiliz, die das überwachen sollte. Das fing an mit dem Thema Vergewaltigung. Es wurde abgesprochen, dass einige Frauen nachts die Parks bewachen sollten und so. Die haben später auch den Frauen-Notruf gegründet. Das fanden alle sinnvoll, und es lief auch ne Zeit lang ganz gut.

Bald mischten sich jedoch einige Jungs ein, die teilweise als Rausschmeißer in Kneipen oder als Ordner bei Ska-Konzerten arbeiteten. Die wollten unbedingt das Programm der Kiezmiliz ausweiten. Ihre Begründung war, dass man auf die Veränderungen im Kiez reagieren müsse. Zum Beispiel öffneten immer mehr

Schickiläden, gerade in der Oranienstraße. Die lebten ganz gut davon, dass die Yuppies kamen und vom Restaurant aus den Kiez beobachten konnten, als Abenteuer. Da ist die selbst ernannte Kiezmiliz hingegangen und hat gesagt, es wäre ja ganz gut, wenn die Läden auch mal n paar Mark für die Bewegung abdrücken würden. Und wenn die das nicht einsehen wollten, wurde denen eimerweise Scheiße vor die Tür gekippt. Oder SO 36, die Kiezzeitung, die auch öfters mal Besuch bekam von der Kiezmiliz. Schon bei der leisesten Kritik sind die in die Redaktion rein, nach dem Motto, ihr wagt es, uns zu kritisieren, ihr macht hier Stimmung gegen uns, ihr werdet platt gemacht. Das konnte schon mal in eine Schlägerei ausarten. Wenn die Argumente fehlten, wurde das Faustrecht eingesetzt. In solchen Situationen haben die Redakteure in unserer Kneipe angerufen, weil da immer Leute waren, die kurzfristig kommen konnten, um zu vermitteln. Das Thema Kiezmiliz war n Dauerbrenner, und es gab auch in unserem Kollektiv regelmäßig Diskussionen, ob das nun in Ordnung war oder nicht.

Auf derartig nervige Diskussionen, die zu nichts führten, habe ich mich irgendwann nicht mehr eingelassen. Hab mich auf dem Plenum in sone Wartestellung zurückgezogen, manchmal zynische Kommentare abgegeben und mich ansonsten aus den meisten Debatten herausgehalten. Klar war nur das Überlebensprinzip: Wenn wir hier kein Geld einnehmen, können wir auch keins ausgeben. Das ist zwar ne einfache Wahrheit, aber die muss so ein Kollektiv erstmal begreifen. Und die mit ihrem Bafög waren ja auch nicht auf die Kohle aus dem Laden angewiesen. Aber wenn du im Winter in deiner Bude sitzt und gerne heizen würdest, weils arschkalt ist, es sind jedoch keine Kohlen da, weil du wieder mal die halbe Nacht hinterm Tresen gestanden und den armen Jungs allen einen aus-

gegeben hast, dann überlegst du dir, wie kommt zumindest so viel raus, dass ich ne warme Bude habe.
Im Kollektiv war ja jeder verpflichtet, den Finanzwirrwarr nachzuvollziehen und darüber mitzuentscheiden. Dafür gabs zwei Gründe. Einerseits sollte so verhindert werden, dass Einzelne zu Fachkräften wurden und dadurch mehr Macht bekommen könnten. Und andererseits hatten wir natürlich am Beispiel anderer Kollektive gesehen, wie schnell da jemand zum Bakunin werden und mit der Kasse durchbrennen konnte. Das haben wir bei uns verhindern können, aber kleinere Sachen sind auch in unserem Laden passiert. Zum Beispiel gabs ne Knastkasse, wie in all diesen Läden, die stand immer auf dem Tresen, da ging das Kleingeld rein. Dort standen auch noch reichlich andere Spendendosen, von denen keiner so recht wusste, wo die eigentlich alle herkamen. Ab und zu kam son Freak vorbei und sagte, hallo, ich bin von der Antifa, ich komme wegen der Knastarbeit, wollte die Kasse abholen. Ja, alles klar. Dann hat der die Spendenbüchse eingesackt. Irgendwann haben wir mitgekriegt, dass sich einige Leute so ihren Lebensunterhalt verdienten. Die haben Blechbüchsen mit Antifa oder Knastkasse drauf in den Kneipen aufgestellt, weil sie wussten, in den Kollektiven ist eh Chaos, da gehe ich ab und zu mal vorbei und hol mir die Kohle einfach ab. War ja auch kein Problem. Logisch, der ist von der Antifa, klar, nimm mit.
Gerade wenns ums Geld ging, stand die Stimmung eigentlich immer auf Überlebenskampf. Überhaupt war die Stimmung auf dem Plenum nur anders, wenn richtig viel gesoffen und gekifft wurde. Die Birkenstockfraktion war ja immer der Meinung, dass während des Plenums überhaupt nicht gekifft werden sollte, weil die Leute sonst der Diskussion nicht mehr folgen könnten. Also da konnte man geteilter Meinung sein.

Jedenfalls waren die bekifften Sitzungen wesentlich lustiger. Wenn zum Beispiel einige Leute nur noch ablachten über das, was gesagt wurde, und andere deshalb total sauer wurden, aber gleichzeitig so breit waren, dass sie ihre Kritik gar nicht mehr richtig rauskriegten. Das waren Situationen, wo man die eigenen Unfähigkeiten auch mal offen zugeben konnte.
Nett war manchmal auch die Vorbereitung politischer Aktionen. Es war ja so, dass wir uns im Kollektiv wie im Kiez insgesamt nur einigen konnten, wenns gegen die Herrschenden, die Staatsgewalt, die Bullen ging. An dieser Front waren auf einmal alle internen Streitigkeiten wie weggeblasen, und es wurden gemeinsame Aktionen geplant, auch im Kollektiv. Zum Beispiel nach der Reaktorkatastrophe in Tschernobyl. Die ganze Szene war ja völlig hysterisch. Als die Nachricht über den GAU kam, sind noch in derselben Nacht etliche Leute zum Flughafen nach Tegel gefahren und abgeflogen. Haben von unterwegs aus angerufen und gesagt, wir sollten sehen, dass wir unsere Ärsche auch in Deckung kriegten. War voll die Panik. Wir sind natürlich geblieben, haben aber sofort die Frischware aus dem Angebot genommen, wegen der radioaktiven Belastung. Gemüse, Milch und sowas gabs bei uns jetzt nur noch aus Dosen. Das kam gut an, und wir haben auf dem Plenum überlegt, was wir außerdem machen könnten. Da hatte einer die Idee. Mensch, lasst uns doch aus Protest gegen die deutsche Atompolitik das ganze verstrahlte Gemüse, die ganze Ware, am Fehrbelliner Platz vor dem Senat abladen. Wir waren sofort begeistert und haben die anderen Kollektive angerufen. Denen gings genauso, alle waren endlich mal wieder einer Meinung. Am nächsten Tag sind wir im Wagenzug geschlossen aus Kreuzberg raus, nach Wilmersdorf, und haben dort am Fehrbelliner Platz n Kreis, ne Wagenburg gebildet

und die ganze Scheiße einfach abgeladen. Tonnenweise Milch, Gemüse, Obst, da war alles versifft, ein wunderschöner Anblick.

Oder beim Reagan-Besuch. Ganz Kreuzberg war eingesperrt, die U1 fuhr nicht, und überall Wannen. Da haben wir gesagt, wenn die uns einsperren, sperren wir Restberlin aus. Wir haben zusammen mit dem Büro für ungewöhnliche Maßnahmen und anderen Leuten an einer Brücke nach Neukölln ne große Mauer aus Pappmaché gebaut. Dort haben wir erklärt: Wenn Kreuzberg abgesperrt wird, weil Reagan kommt, dann erklärt sich Kreuzberg zur Republik, und wir machen hier ne Grenze auf, an der jeder seinen Pass vorzuzeigen hat. Freie Republik Kreuzberg. Für derartige, künstlerisch angehauchte Aktionen gabs auch richtig öffentliche Unterstützung.

Zur IWF-Tagung haben wir dann ne Aktion durchgezogen, bei der die drei Tornados noch mitgemacht haben. Die Sache stand unter dem Titel Penner sammeln für den IWF. Dazu haben wir uns als Penner verkleidet, aber richtig. Irma hatte n blaues Auge, vom Feinsten, und total fettige, strähnige Haare. Ich hatte nen Mantel an und wurde mit Bier überschüttet, hab gestunken ohne Ende. Dann sind wir zum Kranzler gegangen, wo die Torten fressenden Tanten saßen, und haben gesammelt. Entschuldigen Sie, Gnäfrau, haben sie vielleicht eine kleine Spende für den IWF, wird ja Zeit, dass die wieder wegkommen, ich kann nachts auf dem Scheißhaus nicht mehr schlafen, weil die Polizisten mich da dauernd vertreiben. Zu unserer eigenen Überraschung haben wir auf diese Art richtig Geld zusammenbekommen, fast tausend Mark, es war unglaublich.

Außer diesen politischen Aktionen, die wir vom Kollektiv aus gemacht haben, gabs ja auch noch die Reste der Theatertruppe. Wir wurden ein paar Monate nach dem Ableben unseres großartigen Stücks von einem Rundfunkredakteur angerufen, der gerade eine Reportage über Kreuzberg machte und mit uns reden wollte. Keine Ahnung, was der sich davon versprochen hat. Sigi meinte dann, Mensch, wir haben doch in letzter Zeit immer super Musik gemacht. Seine Idee war, wir werden jetzt zur Rockgruppe. Obwohl keiner von uns ein Instrument spielen konnte, haben wir noch am selben Nachmittag n Lied geschrieben, das hieß Arbeitslosigkeit und war mal wieder der totale Schwachsinn. Am nächsten Tag, als der Redakteur kam, haben wir sofort auf ihn eingetrichtert, wir seien ja ne Rockband und so. Da hat er uns gleich n Liveauftritt im Radio organisiert. Das war der Hammer. Kalle sollte singen, ich Drums und Sigi E-Gitarre spielen. Konnten wir zwar alle nicht, aber das wurde trotzdem im Radio übertragen, nach dem Motto, unser Reporter Stefan Meier ist vor Ort, wir senden jetzt live aus Kreuzberg. Die ganze Szene hatte natürlich eingeschaltet, die haben mal wieder über uns abgelacht ohne Ende.

Berauscht von diesem Erfolg haben wir uns gesagt, wir sind so gut drauf, wir gehen jetzt auf Partys und machen da Programm. Wir sind in Ballkleidern auf irgendwelche Bühnen gestiegen, und dort wurde improvisiert. Britta zum Beispiel wollte schon immer mal n Brutalo spielen, die bekam ne Axt in die Hand und donnerte da irgendwie Holz kaputt. Wir tanzten in Ballkleidern drum herum, und einer sagte n Gedicht auf. Völlig idiotisch, aber so bekloppt, dass wir die Lachnummer auf jeder Party waren.

Das hat irgendwie Spaß gemacht, und wir hatten immer mehr Auftritte, die jedes Mal im Chaos endeten, das wurde nachher zu unserem Markenzeichen. Höhepunkt war ne Party im SO 36. Das war die Abschiedsparty einer Punk-Band. Der Laden hatte ja damals

noch überwiegend Punk-Publikum. Da waren die Krankenschwestern, die Zitronen und andere Bands, die zu der Zeit in waren. Kalle war nun auf irgendsonem philosophischen Film, kletterte da ganz heilig aus ner Röhre raus und wollte seine Sprüche aufsagen. Da brüllte auch schon jemand, was soll das denn, hast du ne Macke. Und schon flogen die Bierdosen.
Aber das war nur die erste Nummer. Wir hatten uns in der Fabriketage noch etwas Größeres ausgedacht. Der Wassermann und die Meerjungfrau. Das war die totale Idiotie. Wir traten wieder als Band auf. Kalle mit Westernhut und Sheriffstern, ich im Ostfriesennerz, mit Gummistiefeln und Troddelmütze, Irma in einem superengen Kleid als Meerjungfrau und Sigi im Stresemann, also im schwarzen Anzug. Das Ganze sollte mal wieder ne Improvisation sein. Als Höhepunkt sollte dann Tobias in lila Strumpfhosen da irgendwie durchschweben. Direkt vor uns war son Typ mit Quetschkommode aufgetreten, der hatte Liebesgedichte vorgetragen und die Punks damit richtig aufgebracht. Die waren echt sauer. Wir sind dann auf die Bühne, und sofort bricht das Chaos aus. Es läuft einfach alles schief. Irma fällt in eine Bierlache, mir fliegen die Klöppel unter die Bühne, die sind weg. Jeder ist nur noch mit sich selbst beschäftigt, in all dem Unglück, das sich da abspielt. Kalle sagt nur, wir fangen jetzt an. Daraufhin Sigi, das klappt doch nie. Und ich, Kalle, meine Klöppel sind weg. Aber Kalle guckt nicht nach hinten. Kalle, meine Klöppel sind weg. Ja, dann hol dir mal n paar neue. Das sind die einzigen Texte, die uns überhaupt noch einfallen. Das klappt doch nie. Kalle, meine Klöppel sind weg. Das Publikum grölt. Irgendwann bringt mir jemand die Klöppel, und es geht los. Dann kommt die Meerjungfrau und schließlich Tobias. Der stakst nun, in lila Strumpfhosen und mit Robin-Hood-Hütchen, völlig arhythmisch auf die

Bühne, es ist das reinste Chaos. Aber das Publikum hat sich bepisst über diese Verrückten da auf der Bühne.

Neben diesen Auftritten als Theatergruppe haben wir ja auch weiterhin im Kollektiv gearbeitet und bei tausend anderen Projekten mitgemacht, in denen ebenfalls das Chaos regierte. Aber das war ja das Ding. Wir wollten das so, und unsere Strukturen entsprachen dem einfach nur. Einige Leute haben die Bürokratie zutiefst verachtet und immer wieder gesagt, was solls, läuft schon. Andererseits gabs aber in den diversen Projekten wie im Kollektiv auch die Birkenstockfraktion, die immer wieder die Ordnung aufrechterhielt. Diese Mischung war zwar anstrengend, hat sich aber insgesamt als nützlich erwiesen.

Diese ganze Kreuzberger Bewegung wäre ja so nicht möglich gewesen, wenn es nicht die ganzen legalen Vereine gegeben hätte, die Mietervereine, SO 36, die beginnende Verbürgerlichung der Grünen. Die waren unsere Lobby. Wenn wir Randale gemacht haben, sind die sofort mit der Sozialschiene gekommen. Beispiel erster Mai Siebenundachtzig. Da wurde ja sogar bundesweit darüber diskutiert, dass das ne Explosion der sozialen Zustände gewesen wäre, nach dem Motto, ist doch kein Wunder, dass die sich hier beschweren, sind ja alles arme Schweine, kein Geld für Projekte, was ist das nur für ein tristes Leben, das die Leute hier führen. Das war prima, hat uns wieder n paar Zentimeter Landgewinn gebracht und teilweise sogar richtig Geld in den Kiez gespült.

Allerdings war uns klar, dass der Aufstand nur zu Stande gekommen ist, weil die Bullen an diesem Tag nen Fehler gemacht haben, der dann sone heftige Reaktion provozierte. Die Demo selbst war ja total friedlich. Auf dem Kiezfest, das im Anschluss auf dem Lausitzer Platz stattfindet, sind sogar Familien auf

Sonntagsausflug, mit Kinderwagen und so. Ne Band spielt, wir essen, trinken und quatschen, es ist richtig gemütlich.
Währenddessen läuft am Rande des Platzes eine kleine Auseinandersetzung, bei der ein paar Autonome ne Wanne umkippen. Danach ziehen sie sich auf den Platz zurück und mischen sich unter die Leute. Die Bullen setzen nach und wollen die aus der Menge heraus verhaften. Dass sie dabei auf Widerstand stoßen, ist ja nun logisch. Uns ist klar, das soll ne Provo sein. Dies ist unser Fest, hier werden keine Bullen auf den Platz gelassen. No pasaran!
Der Einsatzleiter scheint das nicht zu begreifen. Obwohl auf dem Platz mehrere tausend Menschen sind, gibt er den Befehl, den Platz zu räumen. Die Bullen fangen also an, ohne jede Vorwarnung Gasgranaten in die Menge zu ballern, ohne Ende. Das bedeutet, dass nun plötzlich die Kinder mitten in Tränengasschwaden stehen und die Eltern in Panik geraten.
Als die Bullen daraufhin prügelnd den Platz stürmen, weichen die Leute zunächst zurück. Nun stehen etwa fünfzig Bullen mitten auf dem Platz, während ein paar tausend Leute am Rand des Platzes und in den Seitenstraßen stehen. Dort wird die Panik so langsam zur Wut, zur Wut darüber, dass sich die Staatsgewalt erlaubt, unser Straßenfest ohne jeden Anlass mit Tränengas zu beschießen. Wir werden richtig sauer. Als wir merken, dass die Bullen nur son paar Leute sind, wächst unser Mut, nach dem Motto, wie, die wollen hier unser Fest beenden, mit son paar armen Willis. Die Stimmung kippt. Ob das der Familienvater ist oder der Türke im Sonntagsanzug, und natürlich die Autonomen sowieso, alle krempeln die Ärmel hoch und sagen: So nicht. Selbst die etablierteren Alternativen stehen in diesem Moment auf einmal auf der Seite der Autonomen.

Plötzlich gehts dann ab. Wie auf ein Zeichen stürmen wir zurück auf den Platz und nehmen uns die wenigen Bullen vor, die nun eingekesselt sind. Wir nehmen ihnen die Helme und Knüppel weg, das ist ein Helmchensammeln wie bei Asterix und Obelix.
Es kommt zu einer Kettenreaktion, die den ganzen Kiez ergreift. Die Leute stürmen in die Telefonzellen, informieren Freunde und Bekannte. Im Nu ist die ganze Szene auf den Beinen. Wir treiben die Bullen, einschließlich der Verstärkung, die irgendwann eintrifft, zurück, bis zum U-Bahnhof Prinzenstraße.
Danach haben wir Kreuzberg im Griff. SO 36 gehört den Bürgerinnen und Bürgern. Das ist n geiles Gefühl! Wir haben das Sagen. Niemand anders. Und das Verblüffende ist, es funktioniert. Die Leute drehen nämlich nicht durch, nach dem Motto, he, und nun alles platt, sondern es wird differenziert. Die kleinen Läden, das sind unsere Nachbarn, die werden nicht beschädigt. Aber die großen Läden, Kaufhäuser wie Bolle, Getränke Hoffmann undsoweiter, die werden geleert. Obwohl ja vordergründig alles drunter und drüber geht und das Chaos regiert, läuft das erstaunlich geordnet ab. Ganz anders als dieses Horrorbild, das man uns immer vorgehalten hat, dass es ohne Staatsgewalt nur noch Mord und Totschlag gibt.
Stattdessen entwickelt sich auf einmal so etwas wie Nachbarschaft. Das läuft so ab. Wenn ein Laden wie zum Beispiel Bolle geöffnet wird, gehen zunächst nur die Mutigsten, mit Hasskappen, in den Laden rein. Die meisten Leute sind erstmal noch zurückhaltend, die haben Angst, da reinzugehen und auf frischer Tat von den Bullen geschnappt zu werden. Nun fangen die Hasskappen an, das Zeug aus dem Laden zu schaffen und an die Wartenden zu verteilen. Dabei sammeln sich immer mehr Leute vor der Eingangstür, darunter auch viele, die eigentlich nichts mit der Demo zu tun

haben. Je mehr Sachen wir aus dem Laden räumen, desto mehr Leute versammeln sich vor dem Eingang. Wir reichen weiter die Sachen raus, schmeißen Schokolade und Süßigkeiten in die Menge und so. Alle lachen, es herrscht ne tolle Stimmung, und nirgends sind Bullen. Mit der Zeit werden einige der Leute mutiger, gehen auch in den Laden rein und helfen beim Ausräumen. Die anderen bleiben draußen, fangen aber plötzlich an, Wünsche zu äußern. Anfangs nach dem Motto, bring mir doch mal ne Flasche Whiskey mit. Nachher geht das bis hin zur Marke.
Überhaupt werden die Wünsche immer konkreter. Ein Typ von etwa fünfzig Jahren hüpft die ganze Zeit aufgeregt vor dem Laden rum. Er ist Maler, hat natürlich null Kohle und wittert die Chance seines Lebens. Hat ne Schubkarre mitgebracht und will uns unbedingt anstiften, nen Laden für Farben zu öffnen. Es ist aber kein solcher Laden in der Nähe. Schließlich packen wir seine Schubkarre voll Zigaretten und sagen ihm, dafür könne er sich ja Farben kaufen. Er bedankt sich ohne Ende und marschiert selig mit der Karre nach Hause.
Das ist teilweise richtig absurd. Da kommt ein Pärchen aus der U-Bahn, beide ganz in Weiß gekleidet, als ob sie gerade von ner Hochzeit kommen. Der Typ spaziert in den Bolle, geht in die Fleischerei, packt sich ein halbes Schwein und wirft das über die Schulter. Dann geht er wieder raus, hakt seine Frau unter und brüllt noch, Schönen Dank auch. Danach laufen die beiden eingehakt davon, er immer noch mit dem halben Schwein auf dem Rücken.
Zu diesem Zeitpunkt überwinden selbst die Rentner ihre Angst und kommen runter auf die Straße. In Filzpantoffeln und Jogginghosen, Plastiktüten in den Händen. Sie stellen sich in die Menschenmenge vor dem Laden und wippen unruhig von einem Bein aufs andere. Ich denk noch, hoppla, was wollen die denn hier.

Als ich zu einem von ihnen hingehe, drückt der mir nen richtigen Einkaufszettel in die Hand. Ich muss lachen, packe dem Typen aber natürlich die Sachen ein. Als ich ihm seine prall gefüllten Tüten gebe, ist er total begeistert und schlurft in seinen Pantoffeln glücklich nach Hause. Ich gehe direkt zur nächsten Rentnerin, und das Spiel geht von vorne los. Es ist ja so, dass die meisten Rentner im Kiez bettelarm sind, die haben es dringend nötig, mal auf diese Weise einkaufen zu gehen. Und sie werden alle bedient. Selbst die Rentner, die ihre Angst nicht so recht überwinden können und im Haus bleiben wollen. Sie lassen nachher ihre Körbe aus dem Fenster an einem Seil runter. Die werden dann ebenfalls vollgepackt, und die Alten brüllen ihr Danke aus den Fenstern. An diesem Tag hat sich da und dort wirklich ein tolles Nachbarschaftsverhältnis entwickelt. Und in den folgenden Monaten ist die Dankbarkeit groß. Das haben uns die Alten nicht vergessen. Teilweise schmieren uns die Omas und Opas später sogar Stullen oder bringen Zitronenwasser an die Straße, damit wir uns das Tränengas aus den Augen wischen können.
Andere Leute helfen uns sogar, zum Beispiel beim Barrikadenbau. Dafür braucht man ja jede Menge Material, und im Laufe der Auseinandersetzung wird dieses Material irgendwann rar. Als wir hektisch nach weiterem Zeug suchen, spricht uns ein Hauswart an. Jungs, kommt mal mit. Er öffnet die Tür zu nem Hinterhof und zeigt uns stolz, was da alles rumsteht. Metalleimer, Paletten, Schränke, all son Zeug. Könnt ihr alles mitnehmen. Der Typ hilft uns sogar noch, die Paletten auf die Straße zu tragen. Dabei dreht er sich dauernd um und nuschelt, aber wenn se kommen, bin ick wech, wa.
Ein anderer Typ, son alter LKW-Fahrer, ist in dieser Nacht sogar zum waschechten Autonomen geworden.

Das kam so. Er hat seinen LKW abgestellt und geht zum Lausitzer Platz, um n Bier zu trinken. Als die Action losgeht, wird sein Tisch umgekippt. Er steht auf und spricht den Bullen an, ganz friedlich, will nur sein Bier ersetzt haben. Mehr will er gar nicht. Aber als er den Bullen anspricht, drischt der ihm gleich den Knüppel übern Schädel. In dem Moment wird diese gemütliche berliner Bierwampe zum Tier. Greift sich n Stuhl und zieht dem Bullen das Teil über die Fresse. Und das ist erst der Anfang, der Typ geht jetzt richtig zur Sache. Er tobt durch den Kiez, kloppt sich mit den Bullen, plündert Geschäfte, macht Gefangenenbefreiung, alles. Der hat an diesem Tag zum letzten Mal seinen LKW gefahren, nach dieser Schlacht ist er im Kiez und in der Szene hängen geblieben.

Solche Dinge sind die ganze Nacht über passiert. Dieser Aufstand dauerte ja so etwa 15, 16 Stunden. Danach war die Erschöpfung und auch die Betrunkenheit der Leute so groß, dass eine kontrollierte Abwehr nicht mehr möglich war, und die Bullen haben den Kiez zurückerobert.

In den nächsten Tagen herrschte im Kiez Hochstimmung. Das ganze folgende Jahr wurde über den ersten Mai diskutiert. Dabei wurde der Protest in der Szene schließlich zum revolutionären Ereignis erhoben, mit den entsprechenden Konsequenzen. Also der erste Mai Siebenundachtzig war ja ne spontane Sache gewesen. Es war nur zu dem Aufstand gekommen, weil die Bullen an dem Tag einfach überzogen hatten. Ein Jahr später war die Action dann nicht mehr spontan, sondern geplant. Auch die Bullen waren dieses Mal nicht überrascht und haben schon Tage vorher voll auf Konfrontation gesetzt. Trotzdem, insgesamt gesehen lief das Ganze am ersten Mai Achtundachtzig so ähnlich ab wie im Jahr zuvor. Auch die öffentlichen Reaktionen waren dieselben.

Neunundachtzig war das dann nicht mehr so, und das aus zwei Gründen. Einerseits hatte es ja im Frühjahr Neunundachtzig in Berlin einen Regierungswechsel gegeben. Der neue rot-grüne Senat hatte sich schon im Vorfeld aus dem Fenster gelehnt und eine Deeskalationsstrategie angekündigt, die besagte, dass die Bullen sich zurückhalten und Provokationen vermeiden sollten. Daran hatten jedoch weder die Polizeiführung noch die Demonstranten ein Interesse.
Zweitens hatten sich die Mai-Ereignisse mittlerweile auch in Westdeutschland rumgesprochen. Zum ersten Mai Neunundachtzig sind dann aus ganz Deutschland die Massen angereist, schon Tage vorher. Alles, was sich so Chaot nannte, von der Hafenstraße bis zum letzten Winkel im Schwabenland, von überall kamen schwarz gekleidete Menschen einmarschiert, trieben sich in Kreuzberg rum und warteten. Bald ist erster Mai.
Als es schließlich so weit ist, gibts ne riesengroße Demonstration. Alle sind dabei. Selbst die Birkenstockfraktion latscht hinten mit.
Wir sind natürlich alle ausgiebig gefilzt worden. Doch als sich die Demo in Bewegung setzt, sehen die Bullen, dass Knüppel aus den Büschen auf dem Mittelstreifen geholt und eingesteckt werden. Einige Leute haben da vorher richtige Waffenarsenale angelegt. Am Rande kommt es zu nem Streit zwischen einem Bullen und ein paar grölenden Punks. Der Bulle wird panisch und zückt seine Knarre, will da jetzt rumballern. Dem wird die Wumme weggenommen. Und weiter gehts.
Jetzt ist schon mal Panik angesagt, denn der Einsatzleitung ist klar, die haben ne Waffe. Wir laufen Richtung Neukölln, und die ganze Straße ist frei, es ist nirgendwo Polizei zu sehen, nichts. Da denken sich einige Leute, also wenn wir das schon mal haben, die

ganze Straße frei, dann mal los. Es werden Lagepläne verteilt, wo draufsteht, da ist ne Spielhalle, da ist n Sexshop, da ist n Yuppieladen, platt machen. Oder Getränke Hoffmann, da steht, mit Ausrufungszeichen, kein Alk!
Also geht das los, dass erstmal ein paar Spielhallen platt gemacht werden. Es kracht und scheppert, und wir denken alle, jetzt kommen sie, wie immer, jetzt werden wir in Reih und Glied gestellt. Aber nein, nichts. Kein Bulle weit und breit. Selbst als die Läden anfangen zu brennen, nichts, es bleibt alles ruhig. Dann kommen wir zu Getränke Hoffmann. Einige der politisch Korrekten hauen die Alkflaschen kaputt, während andere doch noch n paar Flaschen mitgehen lassen. Es kommt auch gleich die Durchsage. Leute, es gibt den Beschluss, kein Alk auf der Demo, wir sind kampfbereit. Der Demozug geht weiter, und überall brennt es. Selbst die Birkenstöcker finden das auf einmal ganz toll. Und nirgends Bullen.
Ich bin im Nachhinein der festen Überzeugung, dass die Polizeiführung den rot-grünen Senat vorführen wollte, der ja Deeskalation und damit ne Zurückhaltung der Polizei beschlossen hatte. Die Polizeiführung wollte dem Senat zeigen, was es heißt, wenn sie nicht eingreifen. Und ehrlich gesagt, das haben wir prima für sie erledigt. Wir haben alle Vorwände geliefert, die man so liefern kann. Diese Strecke zum Hermannplatz haben wir fürchterlich bearbeitet, also das war wirklich ne Spur der Verwüstung, die diese Demonstration hinterlassen hat.
Schließlich kommen wir zum Hermannplatz. Ich habe noch nie ein so großes Polizeiaufgebot gesehen wie dort. Alle Seitenstraßen sind voll, überall sind Wannen, da kommt keiner mehr raus.
Wir gucken uns an und denken, Scheiße, jetzt gibts richtig den Arsch voll. Aber stattdessen werden wir

nur zum Kottbusser Damm geleitet, in Richtung SO 36. Alle fassen wieder Mut, nach dem Motto, die trauen sich ja gar nicht, die doofen Bullen. Erste Steine fliegen.
Die Bullen treiben uns langsam vor sich her, bis wir am Kottbusser Tor sind. Alle stürmen in den Kiez. Die westdeutschen Autonomen bauen natürlich gleich am Eingang der Adalbertstraße ihre erste Barrikade, sind ja heiß wie Bluthunde. Wir gehen erstmal n Stück weiter, denn wir wissen, die werden sowieso überrannt. Das ist völlig klar, dass die Jungs das nicht schaffen. Sie werden dann auch überrannt, aber inzwischen haben andere Leute eine weitere Barrikade gebaut, weiter hinten, am Lausitzer Platz. Neben der Barrikade ist ja n Bolle, der wird geöffnet, da kommen gleich wieder die Omas und Opas mit ihren Einkaufszetteln. Die sind ja schon wieder den ganzen Tag rumgelaufen, weil man ihnen vorher mitgeteilt hat, heute besondere Öffnungszeiten. Einige von den Punks fangen natürlich gleich wieder an zu saufen, aber ohne Ende. Das ist ja nun wiederum gar nichts für die politisch Korrekten, da geht sofort der Streit los. Wenn du hier säufst, du Arschloch, dann hau hier ab. Verpiss dir. So geht das hin und her. Der eine oder andere bekommt schon mal eine gelatscht, woraufhin gleich hundert Leute dazwischengehen, die sich auch wieder in die Wolle kriegen. Das geht so lange, bis plötzlich jemand ruft, die Bullen kommen. In dem Moment ist der Streit vergessen und man steht wieder Schulter an Schulter.
Da gibt es ja Szenen, unglaublich. Ein Typ mit nem Kleintransporter fährt auf die Barrikade zu und will da durchfahren. Als er nicht weiterkommt, springt er aus dem Wagen und fängt an, auf uns einzuschimpfen, rastet völlig aus. Wir gehörten alle ins Arbeitslager und so. Er merkt offenbar überhaupt nicht, dass

tausende von Menschen ihm gleich richtig Ärger machen, weil er son Stuss redet. Ich gehe zu ihm hin und sage, das ist ja alles schön und gut, aber es wäre vielleicht ganz gut, wenn du deine Karre da wegfährst. Er gleich, wie, was, ich kann doch halten, wo ich will. Ich antworte, ich sag dir das ja nur, fahr die Karre besser weg. Aber er ist völlig von der Rolle, rennt immer nur auf irgendwelche Leute zu und brüllt die an, lässt sich nicht beirren.
Dann treten die Bullen an, bauen sich vor der Barrikade auf. In dem Moment sind drei Viertel der Leute, die an der Barrikade stehen, plötzlich weg, sind verschwunden. Ein Viertel bleibt stehen und macht was, der Rest ist eh nur bewegliche Masse, alles Leute, die ihr Abenteuerchen suchen und nachher ne Story zu erzählen haben. Dieses Viertel schafft es nun, die Bullen erstmal zurückzuschlagen. Nun kommen die anderen wieder zurück, wollen auch ganz mutig sein. Greifen sich den Kleintransporter, kippen den um und schmeißen nen ölgetränkten Lappen in die Tanköffnung. Ich tippe dem Verrückten auf die Schulter und sage, willste mal gucken, das wars jetzt. In dem Augenblick zischt es und der Wagen geht hoch. Der Typ will da sogar noch hinrennen, wir müssen den richtig zurückhalten und erstmal auf ne Bank setzen. Er ist total geschockt. Mein Auto, mein Auto. Die Straßenschlacht geht die ganze Nacht weiter, und immer, wenn ich an dieser Bank vorbeikomme, sehe ich den Typen da sitzen, das Maul offen, dem haben nachher schon die Fliegen in den Backen genistet.
Dieser ganze Tag ist völlig absurd, grotesk. Das Straßenfest läuft die ganze Zeit weiter. Was sich da für Szenen abspielen. Die Bullen laufen prügelnd über den Platz und jagen die Leute. Aber diejenigen, die an den Tischen in den Kneipen sitzen oder grillen, die machen einfach weiter. Manchmal fliegen Tische um,

wenn die Bullen einen jagen, aber insgesamt werden diese Leute nicht belästigt. Das heißt, du kannst dich aufn Stuhl setzen, n Bier bestellen und der Prügelorgie zusehen, während die Bullen die Leute an dir vorbeijagen. Das war allerdings das einzige Mal, dass es möglich war, sich vom Aktiven zum Inaktiven und umgekehrt zu verwandeln und nichts passierte.

Ich lande irgendwie am Spreewaldplatz. Zu dieser Zeit ist der Görlitzer Park im Bau. Auf dem Schwimmbad sitzen zwanzig Bullen, die gerade ein paar Leute aus dem Park getrieben haben und nun Sieger spielen wollen. In dem Augenblick kommen etwa hundertfünfzig Autonome aus dem Park, und noch einmal so viele nähern sich dem Platz von vorne, über die Wiener Straße. Nun sind die Bullen eingekesselt. Die Autonomen fangen an, ihr Demo-Verhalten zu imitieren, also rhythmisch auf irgendwelches Metall zu schlagen und den Kreis langsam enger zu ziehen. Die Bullen geraten in Panik, denken, sie werden da jetzt geröstet. Einer fordert brüllend Verstärkung an. Wir brauchen Hilfe, Zusatzkräfte, ich wiederhole, Zusatzkräfte. Wir haben gelacht. Brüll du nur, das ist nicht, könnt ihr vergessen.

Während sich die ersten Reihen die Bullen vorknöpfen, sichern die anderen Leute das Terrain, halten den Rücken frei und hindern mit derselben wilden Entschlossenheit andere Bullen daran sich einzumischen. Machen denen klar, also besser ist Rückzug. Hier kriegen jetzt sowieso n paar von euch den Arsch voll, und dem Rest raten wir, sich nicht einzumischen. Das tun die dann auch, also da ist nichts mehr mit Kameradschaft, sondern die Bullen ziehen den Schwanz ein und machen nen Abgang.

Nur zwei Räumpanzer haben sich durchgekämpft und rücken über die Wiener Straße vor. Am Straßenrand stehen ein paar Leute, die haben schwarze, schmieri-

ge Lappen in der Hand. Erst denke ich, das sind Molotowcocktails, und ich sehe nur die Flaschen nicht. Aber von wegen. Die Lappen sind mit Altöl getränkt. Die Panzer haben ja nur ganz kleine Scheiben, da werden die Öllappen direkt draufgeworfen. Wenn die jetzt den Scheibenwischer anmachen, um wieder was zu sehen, verteilen sie das ganze Zeug über die Scheibe und sehen nichts mehr, sind blind. Und von allen Seiten fliegen die Mollis. Du siehst nur noch die Klappen aufgehen, die Bullen aussteigen und die Flucht ergreifen.
Wir haben sie ja meist auch rennen lassen. Es ging uns ja nicht darum, die jetzt bedingungslos platt zu machen. Nur abhauen sollten sie aus unserem Kiez.
Nervig sind allerdings auch die Demotouristen und die Kids, die bloß ihre Zerstörungswut rauslassen wollen. Gerade die Auswärtigen haben ja keinen echten Bezug zum Kiez, denen ist alles scheißegal, Hauptsache Abenteuer. Die haben Spaß daran, Parkbänke und Blumenkübel zu zertrümmern. Selbst die Telefonzellen sind vor denen nicht sicher, obwohl wir die doch für unsere Infrastruktur dringend brauchen. Es ist der reinste Vandalismus. Selbst die kleinen Läden, die wir verschonen, machen die auf. Der Höhepunkt ist, dass sich ne Bande von Kids bei einer Tanke an die unterirdischen Benzintanks ranmacht. Die wollen die allen Ernstes hochjagen. Ey, dabei würde der halbe Kiez in die Luft fliegen. Wir können die Jungs nur durch eine Schlägerei daran hindern. Solche Geschichten waren Siebenundachtzig nicht passiert.
Die Schlacht tobt wieder die ganze Nacht, es gibt kaum Ruhephasen. Die Zahl der Demonstranten wird immer kleiner, während die Bullen immer zahlreicher werden und zu tausenden prügelnd durch den Kiez marschieren, bis sie am nächsten Morgen auch die letzte Barrikade abgeräumt haben.

Nach diesem ersten Mai rannten wieder unzählige Reporter durch den Kiez und sprachen die Punks an wegen der Demo. Die meinten regelmäßig, ja klar, Alta, gib n Fuffi, dann erzähl ich dir was. Sie waren oft gar nicht dabei gewesen, aber ihre Stories wurden teilweise sogar im Fernsehen gesendet, weil die Reporter erst recht von nichts wussten.
Es gab erneut eine breite Diskussion über die Ereignisse. Unsere Lobby, die Etablierten, waren ja im Grunde gemäßigte Leute, die aber ne Berechtigung darin gesehen haben, dass Leute Häuser besetzen, Wohnungen erhalten und erneuern. Und sie wussten, wie man bürokratisch damit umgehen musste. Das hatte in der Vergangenheit dazu geführt, dass bestimmte Dinge durchgesetzt werden konnten, die man ansonsten für unmöglich gehalten hatte, zum Beispiel die Legalisierung der Häuser.
Nach diesem ersten Mai war es allerdings so, dass sich die Grün-Alternativen, die Mietervereine undsoweiter weitgehend zurückgezogen haben. Die Etablierung der Grünen war jetzt so weit gediehen, dass sie mit dieser Art von Aufruhr nicht mehr in Verbindung gebracht werden wollten. Dadurch hat das, was vorher meistens funktioniert hatte, diese wechselseitige Ergänzung, kaum noch stattgefunden.
Gleichzeitig passierten auch im Kiez Veränderungen. Die Leute selbst haben sich verändert. Die besetzten Häuser waren ja mittlerweile legalisiert, renoviert und ausgebaut. Viele Leute gingen regelmäßig arbeiten, haben sich so langsam in ihrem Alltagsleben eingerichtet. Das war erst kaum zu merken, wurde aber irgendwann unübersehbar. Die intensiven politischen Auseinandersetzungen, die wir früher bis tief in die Nacht hinein geführt hatten, wurden immer seltener. Das hat eigentlich nur noch zu Höhepunkten wie dem IWF funktioniert. Auch im Kollektiv. Als wäre dieser

erste Mai ein letzter Höhepunkt gewesen, bröckelte das so langsam ab. Nachher hatte jeder von uns seine eigene Besucherfraktion in der Kneipe, das heißt, wenn du Tresen gemacht hast, haben dir deine Leute gleich erzählt, was die anderen Kollektivisten nun wieder alles getan oder nicht getan hätten. Auf diese Nörgeleien hatte ich einfach keinen Bock. Deshalb war ich nicht ins Kollektiv gegangen. Und die Etablierung auf nem Job hätte ich ja zehn Jahre vorher auch schon haben können, also diesen Weg wollte ich nun wirklich nicht mitgehen.
Dann kam plötzlich der Fall der Mauer. Damit war das Gallische Dorf überrannt.

# Die Lebensbeichte des François Villon

Nach dem Mauerfall habe ich bald viele Kontakte in den Osten gehabt, zur Besetzerszene in Mitte, Prenzlauer Berg, Friedrichshain. Dort war enorm was los. Es war das Gegenteil dessen, was in Kreuzberg passierte. In Kreuzberg wurde nur noch gejammert, dass alles kaputtginge und man eigentlich was machen müsste. Aber man machte nichts, man beklagte sich nur. In den Häusern in der Schönhauser Allee, der Kastanienallee, der Mainzer Straße herrschte eine völlig andere Atmosphäre. Hier gabs sone Aufbruchstimmung, alles schien in Bewegung zu sein. Mir war das unheimlich sympathisch, ich bekam endlich wieder frische Luft.
Diese Besetzungen im Osten waren meist ganz naiv zu Stande gekommen. Die Leute hatten sich in der Wendezeit einfach gesagt, die Häuser stehen leer, wir gehen da jetzt rein. Die Pioniere der Besetzungen waren oft Ostpunks aus dem Bauarbeiterbereich, die auch handwerklich sehr geschickt waren, das muss man denen lassen, dagegen waren wir in den achtziger Jahren Stümper gewesen. Sie waren immer bestrebt, die Häuser in Ordnung zu bringen. Es war für mich total auffällig, dass dort alles so ordentlich war. Zwar freakig, aber aufgeräumt. Alles hatte seinen Platz. Die Leute waren auch sehr projektorientiert, haben ne Menge gemacht, kulturell, politisch, mit intellektuellem Anspruch.
Zu diesen Neubesetzern aus dem Osten gesellte sich jetzt die Altbesetzerszene aus dem Westen. Während die Ossis bestrebt waren, alles in Ordnung zu bringen, es sich schön zu machen, haben die Wessis, die ja oft schon mehrere Besetzungen hinter sich hatten, immer gefragt, lohnt sich das denn jetzt. Nach dem

Motto, was soll ich hier groß ackern, wenn ich sowieso bald rausfliege. Diese Leute haben sich stattdessen darauf konzentriert, den rechtsfreien Raum zu sichern, in dem man lebte und der ja ständig in Gefahr war. Sie haben zum Beispiel riesige Stahltüren und in jedem Stockwerk Fallklappen eingebaut, die man hochziehen konnte, damit im Ernstfall einer polizeilichen Räumung jede einzelne Etage gut verteidigt werden konnte. Das war schon eine wilde Mischung in diesen Häusern.

Zum Schlüsselereignis dieser Zeit wurde die Räumung der Mainzer Straße direkt nach der Vereinigung. Die Bullen hatten im Vorfeld bereits in der Kastanienallee ein Haus geräumt, sind dann in die Pfarrstraße gefahren und haben noch ein Haus geräumt. Schließlich tauchten sie in der Mainzer Straße auf.

Ich habe zu der Zeit bei der taz gearbeitet, als Koch in der Kantine. Bei der taz lief nun die Nachricht ein, in der Mainzer Straße sind Wannen und Wasserwerfer aufgefahren. Damals gabs noch Radio 100, das war der Sender der linken Szene. Dort wurden die Leute direkt aufgefordert. Wir müssen was machen, kommt alle zur Mainzer Straße, jetzt, sofort. Als ich das hörte, hab ich die Schürze hinter mich geschmissen und gesagt, heute gibts in der taz nichts zu fressen, ich muss in die Mainzer Straße. Macht euch selber was. Son kleiner taz-Redakteur, der das gar nicht gut fand, hat mich noch ganz hysterisch angebrüllt. Du kannst hier nicht einfach gehen, du bist entlassen. Ich hab ihn ausgelacht. Seit wann kann denn son armer Willi wie du mich entlassen, wir sind n Kollektiv, du Arsch.

Ich bin dann in die Mainzer. Komme gerade noch durch, bevor die Bullen den ganzen Kiez abriegeln. Dort haben sich trotz klirrender Kälte bereits 5000 Leute versammelt, die ganze Straße ist zu. Es ist eine unglaubliche Stimmung. Diese 5000 Leute sind so dermaßen geladen vor Wut, ich hab selten sone brodelnde Masse gesehen. Jeder, wirklich jeder ist bereit, hier und jetzt bis aufs Messer für diese Häuser zu kämpfen. Als ein paar Minuten später die Bullen kommen und die Straße räumen wollen, gehts sofort ohne Verzögerung los, aber richtig, gnadenlos. Alle stürmen vor, und es fliegen Mollis von überall, von links, von rechts und von den Dächern. Die Bullen halten natürlich voll dagegen, schmeißen Tränengas- und Blendgranaten. Es ist richtig Krieg. Schon bald liegen Leute mit zerschlagenen Knochen auf der Straße. Also dass es in dieser Nacht keine Toten gibt, ist ein Wunder. Da fliegen ganze Steinplatten durch die Luft. Beide Seiten kloppen sich wie die Kesselflicker. Barrikaden von bis zu vier Metern Höhe werden gebaut. Da steht ein Bagger in der Straße, irgendeiner kann den fahren, der hebt quer über die ganze Straße Gräben aus.

Die ganze Nacht tobt der Kampf. Die linke Politprominenz will zwar erst noch verhandeln, aber der Friedrichshainer Bürgermeister wird auf dem Weg zum Einsatzleiter von einem Wasserwerfer weggespritzt, der schlidert noch zehn Meter auf seinem Arsch, da ist nichts mehr mit Bürgermeister. Die Bullen checken es nicht, kennen auch das Territorium nicht so gut, die ballern teilweise ihre Gasgranaten in die falschen Häuser, bei braven Familien, die an die Gerechtigkeit dieser Welt glauben. Die brüllen dann vom Balkon, ich bin doch kein Besetzer, ich bin hier Mieter. Aber keiner kann ihnen helfen.

Die Schlacht dauert die ganze Nacht, aber die Bullen kommen nicht in die Straße rein. Gegen morgen wollen sie dann verhandeln, sprich: Sie hissen die weiße Fahne. Das bedeutet, dass Verletzte rausgebracht und Gefangene ausgetauscht werden, aber der Ist-Zustand bleibt erhalten, also dies ist unser Gebiet.

Das war ja nun n Sieg. Wir haben ausgiebig gefeiert, bis weit in den Nachmittag. Nach und nach verliefen sich dann die Leute, gingen nach Hause oder zur Arbeit. Zurück blieben nur die Besetzer aus der Straße und ein paar der westdeutschen Bluthunde. Da der Polizeifunk abgehört wurde, bekamen wir bald mit, dass im Laufe des Tages mehrere tausend Bullen aus Westdeutschland herangezogen wurden. Die Straße war wieder abgeriegelt, da ging nichts mehr. Über Radio 100 wurde zu ner Großdemonstration aufgerufen, die von der taz zur Frankfurter Allee gehen sollte. Es kamen erneut etwa 5000 Leute, die nun echt sauer waren. Das war n heißer Zug, die Bullen haben richtig Abstand gehalten.
Als wir uns auf der Frankfurter Allee der Mainzer Straße nähern, treffen wir auf ein riesiges Polizeiaufgebot. Der Zug wird zunächst etwas langsamer, aber dann besteht schnell Einigkeit. Wir wollen da durch, scheißegal, drauf. Die Bullen fangen schon an, rhythmisch auf ihre Schilde zu klopfen. Wir rücken vor, werden dabei in der kochenden Masse immer schneller. Und es ist nicht so, dass hinten die Hälfte wegfällt, diese 5000 Leute rennen alle geschlossen mit. Als wir noch 50 Meter von den Bullen entfernt sind, taucht plötzlich son Haufen Langbärte mit Pudelmützen auf: die ostdeutsche Variante der Birkenstockfraktion. Vielleicht hundert Leute. Sie laufen direkt zwischen uns und die Bullen und rufen im Chor, keine Gewalt, keine Gewalt, keine Gewalt. Wir müssen uns also auf einmal mit diesen Deppen auseinander setzen. Wir wollen die ja nicht hauen. Die stehen vor uns, und ich kann es nicht fassen, wie sich so viel Dummheit auf einem Haufen versammeln kann. Sie haben ne gewaltfreie Revolution gemacht, das war ja in Ordnung, aber jetzt schützen sie die Sauereien der neuen Staatsgewalt. Ich bin fassungslos.

Der Dampf war dadurch raus, es kam nur noch zu kleineren Geplänkeln. Irgendwann sind die Bullen einfach vormarschiert, zur Hasenjagd, und haben so den Haufen auseinander treiben und die Mainzer Straße entern können.

Auf dieser Demo habe ich Leute kennen gelernt, die in einer Parallelstraße der Mainzer, in der Kreutziger Straße, ein Haus besetzt hatten. Ich hab mir gedacht, hier tobt das Leben, hier will ich hin, und bin da eingezogen.

In dieser Straße wohnten die verschiedensten Leute, und es gab, anders als in Kreuzberg, keinen echten politischen Konsens. Alles, worauf man sich einigen konnte, war, wir sind alle Antifas. Aber wohin das gehen sollte, was das inhaltlich bedeutete, das konnte niemand einkreisen. Selbst solche Dinge wie Solidarität waren nicht selbstverständlich, alles musste erstmal ausdiskutiert werden.

Mit völlig unterschiedlichen Leuten sone Besetzung durchzuziehen bedeutete natürlich endloses Konfliktpotenzial. Auch wenn sich die diversen Fraktionen nicht einfach in Ost und West unterteilen ließen, so war dies doch eine wesentliche Ebene der Auseinandersetzung. Gerade am Anfang haben viele Wessis die Kultur der Ossis überhaupt nicht ernst nehmen wollen. In dem Haus direkt nebenan wohnten überwiegend ehemalige Ost-Punks, wirklich herzensgute Bengels, die auch richtig was gemacht haben. Die haben sich immer an Himmelfahrt getroffen und Vatertag gefeiert. Für die war das ganz normal, in ihrem Hof dieses Fest zu feiern.

In dem Haus gegenüber lebten die militanten Autonomen, die Hardcores. Die fanden das natürlich total Scheiße. Ey, hast du gesehen, was diese Arschlöcher da abziehen, die feiern Vatertag, die Idioten, wie kommt man nur auf sone hirnlose, sexistische Schei-

ße. Mann, ist doch voll faschistoid, und das in unserer Straße.
Es brodelte den ganzen Tag, die Fete ging bis in die Nacht. Die Hardcores meinten schließlich, sie müssten denen mal zeigen, was angesagt ist. Sie haben sich mit riesigen Wasserpistolen bewaffnet, sind in den Hof gegangen und wollten die Party sprengen. Die Ost-Punks haben gar nicht verstanden, was das denn nun sollte. Sie fanden das am Anfang noch ganz witzig mit dem Wasser, aber als die Hardcores nicht aufhörten und immer aggressiver wurden, haben sie irgendwann gesagt, so, und nun ist Schluss. Als sie loslegten und denen auf die Schnauze hauten, sind die Hardcores richtig ängstlich geworden, denn wenn diese Leute sauer und besoffen sind, gehts ab, dann kannst du die Ohren anlegen.
Es war richtig mühsam, die wieder auseinander zu dividieren. Das Ergebnis war, dass die beiden Gruppen sich fortan spinnefeind waren und sich teilweise bis heute nicht mehr miteinander unterhalten haben. Obwohl das eigentlich alles Punks waren, platzten die kulturell auseinander.
Gerade in den ersten Jahren fand hier in der Straße eine einzige Riesenfete statt. Es war n riesiger Jahrmarkt. Jeden Abend trafen sich die kaputtesten Leute aus aller Welt, um ausgiebig zu feiern. Leute aus Berlin, aus West und Ost, aber auch Amis, Russen, Kurden, Kubaner. Trebekids aus ganz Deutschland, zum Teil erst 13, 14 Jahre alt, die hier einfielen wie die Fliegen und das alternative Leben genießen wollten, natürlich ohne Pflichten, nur genießen. All diese Leute trafen sich hier, denn hier war der Freiraum. Hier konntest du einen an der Waffel haben, verrückt oder drogensüchtig sein, hier konntest du alles sein. Du hast dich einfach irgendwo dazwischengemischt. Irgendwer kocht immer was, n anderer gibt n Bier aus,

und Joints kreisen sowieso ohne Ende. Also man konnte sich ganz gut durchschlagen. Und ey, dass auf der anderen Straßenseite auch noch andere Leute wohnen, interessiert uns doch nicht, wir leben. Wir feiern bis sechs und schlafen bis vier. Können wir was dafür, dass die das anders machen. Wir wollen Open-Air-Konzerte, wenn wir Spaß dran haben. Sonntagmorgens um fünf lief die Trommel immer noch, und wenn dann jemand zaghaft anfragte, ob man langsam mal Feierabend machen könnte, kam nur: Spießerarsch! Mensch, feier doch mit, ist doch Wochenende!
Dieses Theater wiederholte sich in der ersten Zeit fast täglich. Irgendeiner hatte immer ne verrückte Idee. Ich hab gerade ne Sängerin zu Besuch, hast du mal n Verstärker. Klar, hab ich, und ich kenn noch n paar Trommler, die haben auch Bock. Und schon gings los. Die Bands waren meist irgendwelche Schrammelheinis, die auch ziemlich fertig waren, also nicht gerade ein Genuss. Aber Festival war in dieser Zeit fast jeden Tag. Meistens kamen irgendwann die Nachbarn und beschwerten sich über den Lärm. Sie wollten natürlich keine Auseinandersetzung, aber unsere Musiker und Co. waren jetzt natürlich nicht mehr zu bremsen. Wie die warnen uns, hier wird nicht gewarnt, dies ist unser Gebiet. Daraufhin haben die Nachbarn die Polizei gerufen, und schon war die Straßenschlacht perfekt. Wenn die Bullen dann aber mit Verstärkung antraten und sich bis zum Eingang der Häuser vorgekämpft hatten, was hieß, jetzt gehts auf die Höfe, jetzt gibts Haue, kamen sie angekrochen. Dann hieß es, ey, die Bullen sind so Scheiße druff, wa, wir ham nüscht jemacht, wa, die sind hier eenfach rinjekommen und ham uns auffe Fresse jehauen ohne Ende. Kiek ma hier meen Kumpel, wa. Ey, wir ham echt nur Musik jemacht, wa, und keener hat mit uns jeredet, keene Vorwarnung, nüscht. Alfons, du

musst jetz ma wat machen, die kommen von überall, wir können nirjends mehr hin.
Dann bin ich hingegangen, um zu vermitteln. Hab mit den Bullen ausgehandelt, dreißig Minuten fürs Beenden des Konzerts und Abbauen. Wenn ich zurückkam und denen das erzählte, gings los. Ey, was fällt denen ein, wir lassen uns doch nicht erzählen bis wann. Und schon grölten wieder die Leute, die Party ging weiter. Ich hab versucht, die wenigen, die noch halbwegs was mitkriegten, zu überzeugen. Leute, das heißt aber, dass sie kommen, dass sie richtig sauer sind, und dass das, was ihr gerade eben befürchtet habt, passieren wird. Als Antwort kam nur, nee, Kujat, hör auf mit deiner Scheiße, hier is Party.
Wenn die Bullen schließlich einmarschierten, war das Weltbild wieder klar. Die Scheißbullen haben uns angegriffen. Aber dass die nicht von sich aus gekommen sind, sondern weil die Nachbarn dort angerufen hatten, nach dem Motto, ich brauch auch mal ne Minute Schlaf, ich bin Arbeiter, hat niemanden interessiert, und insbesondere nicht die Schreihälse. Und wenns dann zur Sache ging, stellten sie plötzlich fest, Mann, die kommen ja wirklich, und ich bin breit wie n Eimer, mal weg hier. Nachdem sie gerade noch geprahlt hatten, den Bullen auf die Fresse hauen zu wollen, haben sie sich dann irgendwo in die Büsche verkrochen.
Das Hauptproblem dabei war, dass die meisten derjenigen, die Stunk suchten, gar nicht in der Straße wohnten. Eine der Aufgaben, die dadurch anfielen, war, die Leute nachts zur Räson zu bringen. Insbesondere wenn die nachts ihre Streitigkeiten auf die Straße verlagerten und das zu ner Straßenschlacht ausartete. Am Anfang habe ich ja noch geredet, denn sie hatten schon Respekt vor mir, weil ich n bisschen älter bin und mich auch durchsetzen kann. Mit Engels-

zungen hab ich stundenlang auf irgendwelche zugeballerten Leute eingeredet.
Damit war irgendwann Schluss. Eines Nachts kloppen sich mal wieder fünfzehn Leute auf der Straße, jeder haut den anderen, und keiner weiß warum. Ich gehe runter und als ich auf die Straße komme, rennen gleich drei Leute auf mich zu. Alfons, der hat. Bevor die überhaupt weiterreden können, gebe ich erstmal jedem ne Backpfeife. Wortlos. So, und nun ins Bett, sofort. Dann fange ich an zu brüllen wie ein Stier. Wer sich in drei Sekunden noch auf der Straße befindet, kriegt gnadenlos auf die Fresse. Wir wollen schlafen, verdammt.
Dafür habe ich von den Besetzern richtig Beifall bekommen, die standen auf den Balkons und klatschten. Die Leute haben mich bald nur noch Straßensheriff genannt. Später brauchte ich nur noch vom Balkon zu brüllen, dann sind jedenfalls diejenigen, die mich da unten schon mal erlebt hatten, sofort verschwunden. Du sahst sie nur noch zusammenzucken. Stille. Derjenige, der nicht wusste, wer da brüllte, fing dann an. Ey, was bist du denn fürn Pisser. Daraufhin hörtest du ein leises Tuscheln. Mensch, halt die Fresse, halt die Fresse, das ist der Kujat, wenn der hier runterkommt, der haut dir so dermaßen auf die Schnauze. Und dann, laut: He, Alfons, alles klar, wa.
Eines Nachts bin ich so richtig sauer geworden. Ich werde geweckt, weil zwei völlig besoffene Leute wie die Blöden total breit auf zwei Autos rumtanzen. Alfons, die machen unsere Autos kaputt, du musst mit denen reden. Ich gehe ganz ruhig runter und sage, Jungs, geht mal runter von den Autos. Die springen auch gleich runter und machen die Frau an, die mich geholt hat. Ey du Fotze, zeig mal deine Titten. Da bin ich durchgeknallt. Mich hat das alles so genervt. Ich brüll sie an. Raus aus der Straße, sofort.

Die beiden bauen sich dann auf, wie das so üblich ist, und motzen los. Ey, Opa, was willst du denn, komm doch her, du Arschloch, hier ist Anarchie. Ein paar Softies trichtern derweil auf mich ein, lass die doch, die armen Schweine. Ich schubse sie zur Seite, denn meine Grenze ist erreicht. Dem einen verpasse ich eine astreine Gerade, den anderen baller ich mit dem Kopf in den Kühlergrill. Da liegen sie dann beide, und ich wundere mich selbst, dass ich das noch so draufhabe. Um mich rum höre ich nur, Alfons, ruhig, bleib ruhig. Wieso, ich bin doch ruhig, ist alles in Ordnung. Dann pack ich sie am Kragen und schleif sie rückwärts aus der Straße, während n paar Idioten immer noch mit mir diskutieren wollen, dass das ja arme Schweine seien. Ich sag, das kann ja sein, aber wenn ich sehe, dass einer von euch die in die Straße reinlässt, kriegt derjenige auch noch auf die Fresse. Wie redest du denn mit uns. Ich rede so, weil meine Nerven am Ende sind, ich lass mir hier doch nicht auf dem Kopf herumtanzen. Ich bin nicht der Sozialarbeiter der Nation, bin weder mit nem Helfersyndrom behaftet, noch hab ich n Interesse daran, das hier zu reparieren. Wenn ihr das wollt, bitte, macht n Projekt, aber lasst mich in Ruhe.
Das war ne harte Zeit, in der ich immer wieder mit solchen Verrückten zu tun hatte, von all den Kandidaten liefen hier ja sämtliche Abstufungen rum. Das hat teilweise echt überhand genommen und drohte schon umzukippen. Ein paar Leute sind sogar weggezogen, weil sie den Irrsinn nicht mehr ausgehalten haben.
Wir hatten ein sehr agiles Straßenplenum, nicht so intellektuell, aber emotional sehr geladen. Wenn diese Rasselbande beieinander saß, prallten die extremsten Meinungen aufeinander. Zum Beispiel in der Drogendiskussion. Wir wollten eigentlich nicht, dass in der Straße gedealt wurde. Gras verkaufen war ja in Ord-

nung, aber es wurde zeitweise wirklich alles vertickt, säckeweise. Da haben wir die Dealer aus der Straße schmeißen wollen, aber das war gar nicht so einfach. In jedem einzelnen Fall wurde derjenige, der verwickelt war, zum Straßenplenum eingeladen, und dann wurde das diskutiert. Die Dealer haben natürlich jedes Mal gesagt, das stimmt nicht, ich habe damit nichts zu tun. Logisch. Aber was da vor dem einen Haus täglich an Menschenschlangen aufmarschierte, war nicht mehr feierlich. Die Leute haben sich regelrecht die Klinke in die Hand gegeben, ich hab schon gedacht, das ist das Sozialamt. Irgendwann haben wir uns mit ein paar Leuten zusammengetan und sind da eingeritten, auch ohne einen Beschluss des Plenums. Danach wurde es besser.

Auf dem Straßenplenum wurde mit allen Mitteln um die eigenen Vorstellungen gekämpft. Am schärfsten waren dabei die Jungs aus dem Schwabenland, die mit großer Schnauze die Revolution ausgerufen haben und immer vorne dabei sein wollten, wenn es gegen die Bullen ging. Dieser bedingungslose Konfrontationskurs mit den Bullen war in meinen Augen Schwachsinn, denn was sollte schon dabei rauskommen. Sobald man aber derartige Bedenken anmeldete, standen diese Leute auf und brüllten mit hochrotem Kopf los. Du Rhetorikerarsch, du konterrevolutionäres Arschloch, wir wollen hier bedingungslos die Häuser verteidigen, keine Kompromisse. Am Anfang haben sie auf diese Weise so manche Diskussion abgewürgt. Zum Beispiel gab es im Kiez son paar Redskins, mit denen wir nie irgendwelche Probleme gehabt hatten, aber diese Schwaben-Fraktion hat die angegriffen und in Prügeleien verwickelt, weil sie nicht gecheckt haben, dass die anders drauf sind als die Faschos.

Man muss allerdings sagen, dass die Faschos eine Zeit lang wirklich ein ernstes Problem waren. Die haben

sogar am U-Bahnhof Samariterstraße mal einen erstochen. Der hieß Silvio Meier, ich kannte den, der hatte in einem besetzten Haus in der Schreinerstraße gewohnt. Im Anschluss haben die Bullen gleich verlauten lassen, das sei ein Kampf zwischen rivalisierenden Jugendbanden gewesen. Da war hier echt was los, denn jeder wusste, dass im Jugendzentrum in der Scharnweber Straße ne Reichskriegsflagge hing, dass die Faschos da ihre Propaganda verbreiteten. Da wurden auf einmal wieder besondere Kräfte freigesetzt. Es gab Trauermärsche und Demos, mit tausenden von Leuten. Viele Jugendliche fingen an, Antifa-Aufnäher zu tragen. Einige sind sogar abends nach Lichtenberg gefahren, um den Faschos aufs Maul zu hauen.
Zu dieser Zeit gab es ständig die Nachricht, Faschos sind im Kiez. Dann sind wir immer alle losgerannt. Ein Mal, in der Rigaer Straße, stürmen wir so tatsächlich mit 150 Leuten direkt in eine Straßenschlacht. Je näher wir kommen, desto weniger Leute stürmen vorwärts, bis wir nur noch ungefähr 40 Leute sind. Die Faschos sind gut ausgebildet, und ihre Anführer hetzen sie auf. Einige sind offensichtlich total voll mit Pillen, so dass sie keinen Schmerz mehr spüren. Einer von denen will sich mit mir prügeln und bekommt dabei den Steinhagel seiner eigenen Leute ab. Der kriegt von mir auf die Fresse ohne Ende, ist aber nicht platt zu kriegen. Ich denke die ganze Zeit, wieso fällt der Kerl nicht um. Immer dasselbe: Ich verpass ihm eine, er kippt um, steht wieder auf und stürmt erneut auf mich zu. Irgendwann nehme ich son Feuerlöscher, der da im Hauseingang steht, und gebe ihm den zu fressen. Den hat er geschluckt, den wollte er wohl haben. Danach war Ruhe.
Dann ist das Steinewerfen vorbei, man brüllt sich gegenseitig an und wundert sich, dass noch keine Bullen da sind. Also irgendwas muss man noch machen. Jetzt

entwickeln sich einzelne Schlägereien, man findet sich paarweise. Vor mir steht son kleiner Fascho, gerade einssechzig groß, kräftig, aber keine Chance gegen meine Reichweite. Auch der rennt immer wieder gegen mich an. Ich hau ihm jedes Mal volles Pfund auf die Fresse. Aber er schreit immer weiter, ich mach dich fertig, ich mach dich platt, du Zecke. Ich baller ihm eine nach der anderen, aber er kommt jedes Mal wieder angerannt. Schließlich stelle ich den Fuß auf ihn drauf und sage, hör mal, pass mal auf. Ich hab dir jetzt die ganze Fressleiste poliert, du kaust schon auf den Felgen, wo soll ich denn noch hinhauen, du Idiot. Nun geh mal nach Hause, ich will dich doch nicht umbringen. Aber da sind die Faschos sowieso schon auf dem Rückzug und der Spuk ist vorbei.

Ein paar Tage später geht das plötzlich mitten in der Nacht los. Die Partygäste sind weg, und alle liegen im Bett, als die Faschos in die Straße kommen. In dem Moment bekomme ich echt Schiss, weil ja auch Kinder in den Häusern wohnen. Die dürfen auf gar keinen Fall in unsere Straße reinkommen, sonst wirds gefährlich. In dem Augenblick tauchen Wannen auf, Bullen steigen aus und gehen auf unsere Leute los. Ich renne zum Einsatzleiter und frage ihn, ob er noch sauber tickt. Ich brüll den richtig an. Ich will ne Anzeige machen. Die Bullen nehmen mich daraufhin direkt fest. Begründung: Ich hätte die Kneipe, in der die Faschos vorher waren, mit nem Baseballschläger überfallen. Ich lache erstmal nur, ich stehe da ja im Unterhemd, mir scheint das echt lächerlich. Aber auf der Polizeistation werde ich angezeigt wegen schwerem Landfriedensbruch und Körperverletzung.

Im Prozess sind die Faschos jedoch als wirklich dumpfbackige Zeugen aufgetreten. Die haben auf die Frage, was denn passiert sei, so geantwortet. Also passen sie mal auf. Wir haben Steine genommen, sind vormar-

schiert und haben die Zecken richtig eingedeckt, das war angesagt. Warum haben sie das getan. Na, da hat einer in der Kneipe gesagt, die hätten die Kneipe angegriffen. Ja haben sie denn davon was mitbekommen. Nee, ich hab ja Geburtstag gefeiert. Und was haben sie in der Straße gemacht. Ich hab Steine genommen und in die Häuser geballert, haben sie mal gesehen, wie das da aussieht, und dann hab ich mir einen von denen vorgenommen und dem richtig auf die Fresse gehauen.
Da haben die natürlich selbst, einer nach dem anderen, Anzeigen bekommen.
Identifizieren konnte mich auch keiner. Ja, da müssen sie die anderen fragen. Von den acht Zeugen hat überhaupt nur ein einziger behauptet, dass er mich gesehen hätte. Mehr war nicht. Die Verhandlung ging dann noch in die zweite Runde, vors Landgericht. Die Faschos haben Geldstrafen gekriegt. Ich bekam zwar nen Freispruch, aber damit gings erst so richtig los.
Innensenator Schönbohm hat zu dieser Zeit ein Haus in unserer Straße räumen lassen. Wir organisieren sofort ne Spontandemo auf der Frankfurter Allee, die ist ja schnell dichtzumachen im Feierabendverkehr. Dann holen die Bullen uns von der Allee und stellen uns an die Wand, Arme hoch, Beine auseinander. Wir denken, die wollen nun wie immer unsere Personalien kontrollieren, da legen sie uns auch schon Handschellen an. Ich frag noch, was ist denn jetzt, da haut mir auch schon einer von hinten an den Kopf, gibt mir richtig auf die Fresse.
Ich hab eine Nacht im Knast verbracht und ne Anzeige wegen schwerem Widerstand gegen die Staatsgewalt und Rädelsführerschaft bekommen. Schon hatte ich die nächste Verhandlung am Arsch.
Am nächsten Tag, ich bin gerade aus dem Knast, ist nachmittags Bezirksverordneten-Versammlung. Dort

habe ich als Vertreter der Häuser gesprochen. Gegen sechs Uhr ist die BVV beendet. Ich komme zurück in den Kiez, und alles brennt. Eine Straßenbahn war angehalten und angezündet worden. Überall Barrikaden. Ich steige aus, sehe das Chaos und denke nur, jetzt bloß nicht in die Straße reingehen. Drehe mich schnurstracks um und gehe los.
Plötzlich werde ich von hinten von einem Schäferhund angefallen, der mir die Hose zerreißt. Ich weiß nicht, was los ist, und merke, der Bulle kriegt den Köter nicht unter Kontrolle. Schließlich steh ich da in Unterhose, weil der Hund mir alles zerfetzt hat. So haben die mich verhaftet, da wusste ich schon, jetzt gehts ans Eingemachte.
Auf der Polizeistation bin ich ziemlich brutal behandelt worden, die Bullen waren richtig heiß auf mich. Für sie war ich derjenige, der den Anschlag auf die Straßenbahn verübt hatte. So lautete auch die Anklage, plus Rädelsführerschaft und Bildung einer kriminellen Vereinigung.
Nun hatte ich zwei weitere Prozesse am Hacken. Da ist mir schon der Arsch auf Grundeis gegangen. Ich hab aber richtig Glück gehabt, dass die das so schlecht vorbereitet hatten. So hatten sie nicht bemerkt, dass bei unserer ersten Verhaftung ne Fernsehkamera des SFB mitlief. Der Film wurde vor Gericht gezeigt, damit war alles klar. Anklage niedergeschlagen.
Beim zweiten Prozess haben die dann schon einiges versucht. Zum Beispiel waren die von mir benannten Zeugen angeblich postalisch nicht erreichbar. Selbst ein Berliner Abgeordneter und der stellvertretende Bürgermeister von Friedrichshain waren angeblich nicht erreichbar. Na, das hat jedenfalls auch nichts genützt, weil ich ja zur Zeit des Anschlags vor hundert Leuten in der BVV gesprochen hatte. An meinem Alibi gabs nichts zu rütteln, da hab ich echt Glück gehabt.

Nach dem Anschlag auf die Straßenbahn hat Schönbohm die Gegend um die Kreutziger Straße zum gefährlichen Gebiet erklärt. Auf Grund eines Sondergesetzes gabs jetzt dauernd so genannte verdachtsunabhängige Kontrollen, das heißt ohne Pass kam man nicht mehr in die Häuser. Dieses Vorgehen musste allerdings später wegen rechtlicher Probleme wieder aufgehoben werden.
Auch der alltägliche Kampf ging weiter. Den Vertretern des Staatsapparates gefiels ja nicht, was wir da machten, die haben uns permanent beschäftigt, was wiederum nicht schwer war, weil wir ja illegal in den Häusern lebten. Die hatten immer nen Vorwand, uns auf die Zehen zu treten, selbst in Bereichen, wo wir nicht damit rechneten. So hat zum Beispiel die Müllabfuhr dauernd Stress gemacht, weil sie angeblich keie richtigen Adressen von uns hatte. Es gab auch weiterhin Konflikte in den Verhandlungen mit der Wohungsbaugesellschaft. Und außerdem haben die Bullen jeden Vorwand genutzt, uns an den Karren zu fahren. Da hing zum Beispiel an einem der Häuser ein Transparent mit der Aufschrift: Schluss mit dem Völkermord in Kurdistan. Da ist gleich das SEK eingeritten. Vermummte Bullen mit gepanzerten Westen haben das Haus gestürmt, das Transparent eingesackt und ne Anzeige rübergeschoben. Begründung: Werbung für die PKK. Solche Kriminalisierungsstrategien liefen dauernd.
Es ist vor dem Hintergrund eigentlich überraschend, dass sie es nicht geschafft haben, uns aus den Häusern zu entfernen. Ja, sie haben ein Haus geräumt, den Spielplatz an der Straßenecke platt gemacht, zwischenzeitlich Sondergesetze erlassen, Einzelne mit Prozessen überzogen, undsoweiter. Aber sie haben uns nicht platt gemacht. Im Gegenteil, wir haben mittlerweile durchgesetzt, dass die meisten Häuser

legalisiert werden, auf genossenschaftlicher Basis. Dadurch ist der allgemeine Wahnsinn hier in der Straße zwar etwas eingebremst worden, aber das bedeutet nicht, dass hier jetzt sone gutbürgerliche Ruhe einkehren würde. Das ist auch gut so, denn daran habe ich persönlich ja eh kein Interesse. Hier ist immer noch genügend Chaos, dass ich es gut aushalten kann, und wenn das eines Tages nicht mehr stattfinden sollte, dann bin ich weg.

Ich bin ja schließlich doch noch Schauspieler geworden. Das Stück, in das ich viel von dem einbringen konnte, was ich so erlebt habe, ist die Lebensbeichte des François Villon. Dieses Solo-Stück habe ich schon zu Kreuzberger Zeiten gespielt, das war, nach all den schrillen Geschichten mit der Truppe um Kalle, mein erster Erfolg. Das liegt daran, dass ich in den Gedichten und Balladen, die François Villon im 15. Jahrhundert geschrieben hat, viel von dem wiedergefunden habe, was mich bewegt hat. Ich habe natürlich meine eigene Interpretation dieser Figur. Nicht die der katholischen Kirche, die ja kackfrech behauptet, dass der Rebell Villon schließlich reumütig in ihren Schoß zurückgekehrt sei. Das ist für mich völliger Schwachsinn. Villon beschreibt ja in seinen Texten die sozialen Missstände, die Ausbeutung und Unterdrückung im Frankreich des 15. Jahrhunderts, und er tut dies in drastischen, geradezu dramatischen Worten. Ich lese seine Texte als Parabeln auf die Ungerechtigkeiten dieser Welt, als Suche nach den eigenen Bedürfnissen und Wünschen. Sie sind ein wilder, ungezähmter Protest gegen die andauernden Lügen der Herrschenden. Ich finde, man merkt diesen Texten sofort an, dass hinter ihnen ein Mensch aus Fleisch und Blut steht, der eine klare Haltung zum Lauf der Welt hat, der Herrschaft nicht demütig verehrt, sondern schonungslos kritisiert, bis nichts mehr von ihrem Glanz übrig ist. Das war ganz nah an mir dran, da brauchte ich im Grunde nur meine Emotionen reinzuladen, dann lief das.

Für dieses Stück wollte ich auch weg von der traditionellen Hierarchie, bei der man auf der Bühne von vornherein die Macht hat, weil man höher steht, das Licht hat und dadurch die Hauptrolle spielt. Ist zwar auch nett, aber mir war das nicht sinnlich genug, gerade für diese exzessiven Texte über Liebe, Verzweiflung, Lust, Hass und Tod. Früher hat man sich ja auch am Lagerfeuer Geschichten erzählt, das waren sinnliche Erlebnisse, da wurde gegessen, getrunken, gefeiert, es gab Gerüche, Tanz, Gesang und große Ausgelassenheit. Ich bin deshalb auf die Idee gekommen, das Stück in einem Wirtshaus des 15. Jahrhunderts zu spielen. Ich hab Holzbänke und Tische aufgestellt, alles mit Stroh ausgelegt und überall Kerzen hingestellt. Dazu Weihrauch und Sandel, sowie natürlich Wein, der bei den Aufführungen in Massen getrunken wird. Die Leute sitzen an Tischen, und meine Bühne ist der Gang in der Mitte zwischen ihnen. Dadurch wird das viel fleischlicher als im traditionellen Theater. Das Publikum spielt ja mit, denn ich gehe richtig persönlich ran an die Leute und mache sie zu Mitspielern. Ich spiele dieses Stück nun so lange, ich weiß nicht, wie viele hundert Vorstellungen ich schon gegeben habe, aber es verändert sich jedes Mal, weil es so stark vom Publikum abhängt.

Der erste Teil des Stückes ist eine Abrechnung mit den gesellschaftlichen Verhältnissen. Es geht um Ausbeutung und wie sie das Leben des Einzelnen beeinflusst. Entweder du gehst dem Arschkriechertum nach, dann lässt man dich ein bisschen an die Töpfe ran, dann kommst du klar. Oder du tust es nicht, dann gehörst du zu den Geächteten, den Aussätzigen und musst hungern. Dann musst du dich entscheiden,

ob du bei Schrotbrot und Hafergrütze dein Leben fristen willst, oder ob du dir sagst, Moment mal, hab ich nicht auch ein Anrecht auf die feinen Speisen. Also ne ganz klare Aufforderung sich zu wehren.
Warum das Ganze? Weil wir im Tod alle gleich sind, weil wir alle verrecken müssen. Guck sie dir doch an, turmhoch häufen sich die Köpfe in den Gräbern, wer will unterscheiden, wer Bischof und wer Bauer, wer Herr und wer Knecht war. Also: Warum sollst du weniger haben als der andere, warum sollst du weniger wert sein.
Im zweiten Teil gehts dann um die pure Lust. Da gehts auch im Publikum hoch her. Wenn ich meine Liebeserklärungen an einzelne Frauen im Saal mache, ists schon passiert, dass ne Frau direkt auf mich draufgestiegen ist und gesagt hat, ja, ich nehm es an, ich will es hier und jetzt. Und ich sitze da und denke, au weia, nach dem Motto, entschuldigen Sie bitte, das Stück geht noch weiter. Solche Sachen passieren da, also die Lustelemente werden stark gefördert. Nicht nur durch Sprache, die werden zur Atmosphäre. Also wenns gut läuft, tanzen die Leute irgendwann auf den Tischen. Es gibt auch die drögen Leute, die das nicht ganz schaffen, aber normalerweise passiert schon ne Menge im zweiten Teil, dass sich die Leute auch körperlich äußern, mitgrölen und so.
Ich setze mich mit der Vergänglichkeit von Schönheit und Treue auseinander. Alles verfällt, nichts bleibt übrig. Auch Schönheit vergeht. Und Treue gibts nur im Tod. Ist ja immer noch aktuell, Huren werden bis heute als moralisch minderwertig angesehen. Und Villon hat schon im 15. Jahrhundert ganz nüchtern festgestellt, auch sie waren rein einst wie Schneewittchen. Der hat das ganze Geseiere über Treue und Liebe runtergemacht, nach dem Motto, in sonem engen Korsett bringt das doch alles nichts. Villons Prinzip ist: Lebe

reichlich und gehe an keinem Kelch vorbei. Dieses Lustprinzip kann ich sehr gut nachempfinden, auch dieses Wegwerfen von Energien, dass man sich fallen lässt und sagt, scheißegal. Der Tod kann jede Minute kommen, also warum soll ich nicht genießen, bis er denn kommt. Das bringt diese Figur sehr exzessiv zum Ausdruck.

Dieses Überschäumen von Lebenslust und allem, was dazugehört, auch das Heldentum, all das bricht in dem Augenblick in sich zusammen, in dem die Obrigkeit sagt: So. Genug geschäumt. Jetzt machen wir mal den Deckel drauf, Rübe ab und Schluss damit. Das ist ja passiert, Villon ist drei Mal zum Tode verurteilt worden, weil er sich so überschäumend den Genüssen des Lebens hingegeben hat. Das waren ja seine Verbrechen. Ein Mal wegen einer Bürgerstochter, die er nicht heiraten wollte, das zweite Mal, weil er ne Kirchenkasse geklemmt hatte, und das dritte Mal wegen dieser Klopperei mit dem Bischof unten am Hafen.

Anschließend sein tiefes Elend im Knast. Villon verfällt, wie in der Suffphase, wieder dem Hass. Er bringt zwar seinen Widerstand irgendwo noch zum Ausdruck, ist aber im Grunde genommen gebrochen. Das ist mir wichtig, dass kein Mensch so eine Tortur aushalten kann. Villon denkt halt an sich und sagt, mir geht es nicht gut und das sage ich hier auch. Mir egal, ob ihr das gut oder schlecht findet, mir gehts nicht gut, darf ich das hier mal sagen. Das ist der Punkt, wo sich der Kreislauf schließt.

Ich habe Villon stark mit meiner eigenen Vorstellung von Freiheit in Verbindung gebracht. Nicht direkt als Anarchist oder Sozialist oder sowas, das ist mir schon wieder viel zu eng, sondern als Freigeist. Er setzt sich mit seinen eigenen Unzulänglichkeiten auseinander, führt sich selbst ad absurdum, kann auch über sich selber lachen. Und er weiß, dass das eigene Versagen ne Menge dazu beiträgt, Vorurteile über andere zu haben. Zu der Zeit kam es einem Todesurteil gleich, so etwas zu sagen. Aber darum geht es ja. Welchen Zwängen muss ich mich unterwerfen, wo ich doch weiß, der Zwang zu sterben ist der Vorgang, um den es eigentlich geht. Für mich war das ne Beruhigung, mir ist dadurch vieles klarer geworden, weil ich weiß, es ist alles nicht so wichtig. Letztendlich kneifst du die Arschbacken zusammen, und das wars dann. Da kommt auch keiner dran vorbei. Das ist der entscheidende Punkt.